寫在課本留白處

增訂新版

徐國能

目次

輯二、遙遠的歌

輯三、帶一首詩去旅行

又一輯

代序
獻給三月來臨、草色漸青的心

1.

人類飛行的技術日新月異，從單純的凌空滑翔，到以噴射動力飛越大洋，至今已衝出大氣層，奔向宇宙浩瀚的深處，這些新科技已達常人所不可思議的地步，但我們每個人的心中，總還是留著童年時手摺紙飛機的形影。在悠然的藍天綠樹和微風中，隨著一個優美的弧度而忘我，那是人生裡無可取代的純真之樂。

寫作很可能只是對童年的再一次回顧，重新找尋當年遺落的細節與回味那時來不及回味的感動。有時我不免訝異今日之我是如何來到？但在寫作中重新尋思，也覺得這樣的生命充滿機遇巧合，卻也理所當然。熟悉的日常遠觀如一頁一頁急忙翻過的書，近看才知每一頁原來寫的都是不同的文字，寄託了迥異的情懷。所謂的寫作，可能只是將這些殘篇斷簡重新抄錄下來，略加組織潤色，並賦予一些個人隨興的感想罷了。

在每一次的寫作中，我重新點讀從孩提之始，至於青少年的煩惱與盼望，到了昨日的種種浮光掠影，也不免有了一點流水年華、恍然若夢的感嘆了。因此這本充滿回憶的書其實充滿迷惘，在經歷與感受之間，在記得或遺忘之處，點點滴滴的事一如夜空繁星，我以文字為虛線構成了自己神話的星圖，用以標誌曾有的一切並賦予自我涵義，也許我寫的並不是一本書，而是一種對童年時代的思鄉病。

2.

我常常想寫一本老少咸宜的書，但一經著手才發現重重困難。要適合孩子閱讀，我認為必須較一般作品更加單純、樸拙、清澈或瀏亮；要能讓一般讀者也能覺得豐富有味，則須有其深刻的文化意涵與味外味的尋求。然而單純不是簡易，更非愚騃；樸拙並不來自於粗略，而是擁有仁厚的心；清澈而不乏味，必須透過更多無形的藝術技巧；光明到燦爛卻不至於刺目，乃求諸於智慧與悲憫。然而我在寫作中卻感於自我的匱乏，往往用十分笨拙的方法企圖艱難地打造我理想的小屋，希望孩子能在我這小屋裡發現新奇與美，愛慈與善；大人能在這小屋裡重新回味人生，而我自己能在這小屋裡躲避世界無情的風雨。

如今我這小屋落成，也許很多地方還需要填補與潤飾，很多結構尚須調整與修葺，很多觀點則需大匠指點而加以整飭，但我目前還是滿足於這樣的廳室與窗櫺，那些並不出色的桌巾與窗簾，那些略見潦草的塗堊及家具，隨意插著的花、無心得到的小飾品，都使我心暫時安歇，並願邀請知心好友前來分享這樣的簡陋與幽岑。

有時我覺得十四歲前後的孩子缺乏真正的文學讀物，一如缺乏專屬於他們的遊樂園與美學，因為這個年紀太過短暫朦朧，世界經常忽略了他們不太確定的深深歡喜或無言而幽靜的淡淡傷懷。中學的孩子多半被讀書考試所包圍，比較分數時多，探問內心時少，偶然的片刻閒澹，卻往往被迫提前參與大人的審美品味，或無奈地退向較為年幼的兒童嬉戲世界。但他們的情感與理性如泉湧、如雲起，雖未具體但已依稀在望；懷真而悸美的心靈如此敏感，卻也如此容易被錯過……。我盼望我的小屋能讓這個優美年紀的讀者，能夠找到一些近似於他心中感覺的東西，這對我而言是個挑戰，我不知能否成功打動這類似三月來臨、草色漸青的心。

3.

我近來的煩惱，是常常必須回答如何寫作的問題。

這問題實已超出我能思辯的能力之外。歸根究柢，寫作一是要擁有分享的意念，一是要多方閱讀。

書寫的開端是願意分享一些真心體會到的事，願意將坦然的我，自在地呈現於大千世界。寫作的進階則是閱讀，閱讀是對世界的觀察，上帝是最好的藝術家，創造無一重複的命運、歌聲與景觀，無論情節或細微處，都有其較人力更精深之奇想。在閱歷了上帝創造的豐富意象之餘，如果可能，多讀詩歌是最好的，詩是人心與世界的輕聲對話，神祕而充滿啟發。

然而想到寫作這件事，我不免回憶中學時在課堂上一些無聊的時刻，嚴肅的課本邊緣也許抄滿了老師的隨堂補充和自我對重要問題的整理，但總不免有一些留白處，可以讓人畫一幅滑稽的畫、寫兩句無關緊要的字。那像是一扇小窗，讓心思即刻遁走於繁瑣知識，悠然在短暫卻無盡的想像中。

我盼望這本書就像那些小小的留白。人生是一本莊嚴的大書，人人終日辛勤地讀寫，如果這些文字能夠暫時讓我忘懷煩惱，也暫時為人間帶來一些無憂時刻，我想那是我寫作唯一的盼望。

輯一

何處是我的茉莉花叢

談詩歲月

繞床飢鼠，蝙蝠翻燈舞。
屋上松風吹急雨，破紙窗間自語。
平生塞北江南，歸來華髮蒼顏。
布被秋宵夢覺，眼前萬里江山。

任誰都必需羨慕我，我在學校裡的工作是教詩，和年輕的同學在欖仁葉的窗畔鎮日談詩，靄靄停雲，濛濛時雨，四季心情像葉隙的陽光因風而閃爍不定；語言在韻腳、節奏與行句之間來回，像蹀躞的步履，走在幽密的林叢──這樣的日子是何等的寧靜幸福。

談詩可以完全不涉實務，不必計較遠方的戰火，不必在意國際上日益緊張的金融情勢，不必介入社會上你爭我奪的紛擾，只需與那些喜愛藝術的年輕人，暢談從古到今，偉大詩人以靈魂淬鍊出的生命結晶，觀看他們從朝廷走入林泉的姿態；聆聽他們在松樹或飛瀑下奏琴的雅興；研究他們如何用文字捕捉白雲與幽石的互動，或是解釋夕陽中飛鳥的方向與自己的人生觀。

有時在清晨，有時在黃昏，夏日的早上雀鳥和鳴，世界與詩篇在晴朗中充滿朝氣；冬日傍晚的寒雲殘照，使那些字句也蒼古了起來，在夜幕低垂時深深領受了繁華與寂寞擦肩而過的況味。日復一日，流光似水，正所謂：「年年歲歲花相似，歲歲年年人不同」，看似平凡的詩，卻也因為不同的生命情境而產生了許多變化，有時我彷彿真正明白了詩人的語義，有時卻更加惘然，那在歲月中、書頁間處處誌下的筆記仍然讓我遂迷不復得路。

然而詩雖有若滾滾紅塵中的空谷幽蘭，不涉於當前現實的利害得失，但詩並未忘記這個世界。詩對人間的關心，不是那些號稱「社會詩人」、「寫實詩人」的專利；任何一個偉大詩人都是涉世而悲憫的，只是詩人不以憤恚的方式來面對挫折、不以謾罵來表現他對世界的失望，只是要求自我對芸芸眾生的貪、嗔、痴有更多的包容與承擔，並在靜觀中求得每一件事物背後的真義，讓自己從凡俗的人生，脫化為開闊而超然的心靈，這就是古人常說的「境界」。

南宋的辛棄疾有一篇〈清平樂・獨宿博山王氏庵〉：

繞床飢鼠，蝙蝠翻燈舞。
屋上松風吹急雨，破紙窗間自語。
平生塞北江南，歸來華髮蒼顏。
布被秋宵夢覺，眼前萬里江山。

辛棄疾是愛國詩人，一生為國事奮鬥不休，然而最終卻也不免走上解甲歸田的隱退之路。在這篇作品中，詩人面對餓鼠、蝙蝠、風雨及破陋的環境，其實也就是他生命裡所遭遇的惡人和橫逆，以及老去而一無所有的人生處境。在這樣的時刻，詩人在黑暗中清醒，他不去怨懟人間對他滿腔熱血、一世豪情的辜負，仍然以有待收拾的壯闊河山作為自己不變的使命。於此，我們不禁肅然了，在詩人面前我感到自己的渺小，我不免回想自己總是推諉責任，總是怨天尤人，總是狡猾地享受別人的辛勤成果卻吝於付出……

面對世界，我們看見了什麼，那就是詩的境界；而透過閱讀逼使我們看見真正的自己，那就是詩的目的。

在紅牆綠樹的校園裡，終日的視線，從教室的講臺到最後一排的同學，也只有幾公尺而已，但是詩裡揭示的天地，卻是萬里無垠的。談詩的歲月，也曾耽美於枇杷釀成的旨酒，或櫻桃芭蕉的小院風情，但真正在我內心激起漣漪或形成風暴的，卻是那些在閒淡處把握真理，於平凡中顯盡人格的作品。我和年輕的同學終日聊著這些無關緊要的事，大家似懂非懂，但也就一起享受了人間的依約韶華。

但使願無違

釣罷歸來不繫船，
江村月落正堪眠。
縱然一夜風吹去，
只在蘆花淺水邊。

中學時老師教我們讀陶淵明的〈歸園田居〉：

種豆南山下，草盛豆苗稀。
晨興理荒穢，戴月荷鋤歸。
道狹草木長，夕露沾我衣。

詩很簡單，也不難記，當時也不覺有何特別。在後來的人生裡，許多好詩翩翩呈現在我眼前，我喜歡過「荷葉生時春恨生，荷葉枯時秋恨成。深知身在情長在，悵望江頭江水聲。」（李商隱〈暮秋獨遊曲江〉）這種深情纏綿的作品；也嚮往過「釣罷歸來不繫船，江村月落正堪眠。縱然一夜風吹去，只在蘆花淺水邊。」（司空曙〈江村即事〉）的瀟灑不羈，更花了很多時間研究「讀書破萬卷，下筆如有神」的杜甫，我在當中得到了很多的快樂。

然近年每到歲末，我總不免想起兩個作品，一是現代詩人鄭愁予的〈除夕〉：「這時，我愛寫一些往事了……」，夜裡聽著十二鐘響與鞭炮聲，是的，一些往事的確湧上心頭。另一首便是陶淵明的〈歸園田居〉。

其實我是生長在都市的孩子，小時候家裡附近雖也有蓮塘與水田，還見過大水牛，但這些東西到我上小學就完全被樓房與柏油路所取代了。但是我似乎能從陶淵明的詩裡聞到泥土的氣味，感受到鋤頭的重量，還有夜露輕微的冰涼。

我們以前上課問過老師，為什麼種豆，不種大白菜呢？不然蘿蔔、花生或絲瓜也不錯呀！老師並沒有回答這些無理取鬧的發問。我近來慢慢明白，原來「豆苗」

和雜草有點像，就像濟世之心和權力欲望並不容易簡單分辨，要在晨曦或夕暉中去蕪存菁，是需要一點經驗和耐心的。我不知道陶淵明一年到底收了多少斤的豆子，看樣子不會太多，但我近來感到他可愛可敬的，是詩的最後兩句：「衣沾不足惜，但使願無違。」

現在的我，幾乎忘了自己的「願」是什麼？

當年在學校讀書時，我最盼快快畢業，可以成為一個真正自由的人，自由地看想看的書，聽想聽的音樂，不必有考試與壓力，可以隨時到遠方去旅行。而我的「宏願」是研究古典文學，穿透那時光的迷霧，理解歷代文學家所留下的傑作，解答文學藝術裡最幽微的問題。然這麼多年過去了，我離開學校，又回到學校，在教課之餘，青春正盛的同學與我擦肩而過，我在他們眼中看見夢想之光，看見奮鬥的決心與勇氣，因此也不免回首當年的自己，少年十五二十時，那些單純的嚮往、那些樸素的心願，這些年來到底被我丟到什麼地方去了呢？年少的心志如磐石一般粗獷樸拙，然世事的洪濤卻將那樣的心沖刷、拍打、粉碎而終至於隨波逐浪地不見蹤跡了。

原來要守住那最初的「願」，是那樣困難！

在發願之初，許多似苗之草必雜其中，我們要能明辨而一一刈除它們，讓自己心胸磊落純正；然後要花許多的工夫呵護這個微小的願望慢慢茁壯，讓它有一天終於開花結果——這畢竟是很辛苦的事，許多人半途而廢，一顆心遂為雜草掩沒，荒蕪了下去。

在使人疲憊的歲末，總不免自問當年的初心如今所賸多少？而去年立下的志向今載完成幾何？雖然答案總令我慚愧，不過我會因此想到陶淵明，想到這首詩，想到衣上的露水是何其奮鬥的輝光，一顆在掌心滾動的豆子有著多深遠的人生意涵——故而我便有勇氣再許下願望，並殷勤地自勉：「衣沾不足惜，但使願無違。」

有情

鈿暈羅衫色似煙，
幾回欲著即潸然。
自從不舞霓裳曲，
疊在空箱十一年。

我有一組舊音響，跟隨我東奔西跑數十年了。它有一對高約四十公分的大音箱，四層的主機體除了廣播與ＣＤ外，還有可播放錄音帶的雙卡匣以及十種播音模式，十幾年前能有這樣一組音響放在學生宿舍的床頭可是相當氣派的。當年我為了買這套音響，省吃儉用努力打工了一年多；有了音響以後，必須更加省吃儉用才能買新的ＣＤ片。深夜時分，音樂從那對大喇叭輕輕流洩而出，人生好像剎那豐富而美麗了起來。有時下午沒上課，我便常邀班上一個女生來「聽音樂」，寂靜的午後陽光從窗間撒入一室金黃，我們喝著茶包沖的紅茶，聽著《里斯本的故事》或是《歌劇魅影》，都覺得很開心。

班上的女生後來便成了女友、妻子，我早也搬離了小小的學生宿舍而有了自己的家，這麼多年來，那老音響仍然努力歌唱，中間輕微地故障過一兩次，也很簡易地便排除了。然而市面上新的機種不斷出現，各種時尚的設計與新穎的功能，輕巧的造型和更精緻的音質，似乎都暗示我應該換一臺更新更好的音響，這幾年大家都從網路上下載音樂，用手機聽看YouTube，這種老舊的音響不僅大而無當，近來更因磁頭老化而有點挑片，像一個尊貴而悲傷的老人，有著難以捉摸的脾氣。

終於有一天，它吐出的唱盤無論如何也縮不回去了，我認定這是嚴重故障，力主藉此機會讓它正式除役，不料妻子卻說別的音響都沒有那麼沉厚的低音而覺得應該修好它，何況它是我們相識相戀的重要因素啊！我只好上網找出廠商電話，詳細詢問了狀況，在一個風和日麗的好日子送它到城市遙遠另一端的維修工廠。我把它固定在汽車前座，用安全帶繫好，它一路上安安靜靜，彷彿領受著命運無論如何的安排。回想往事歷歷，驚覺了人生裡最好的十五、六年，竟是和這臺音響所唱出的所有美麗歌曲一起共度的，薄霧的清晨或細雨的黃昏，紅茶花盛放的時節與孩子天真的唱遊……它已然是我們生命無法割捨的一部分，雖然輕若雲煙，淡如流水。

白居易有詩云

鈿暈羅衫色似煙，幾回欲著即潸然。
自從不舞霓裳曲，疊在空箱十一年。

詩裡說的是一位女子闗盼盼，在丈夫去世後獨守舊樓，她珍藏著一件美麗的舞衣，是當年為丈夫舞蹈時所穿著的，幾十年的流光逝去了，她不再穿它，亦不忍捨棄。我想這就和李清照一樣，國破家亡、流離失所時，仍努力保護一批她年輕時與丈夫一起收藏的古翫。一件舊衣，幾幅稱不上精品的字畫其實並不值錢，然而卻對個人有著非凡的意義，那就是因為「有情」的緣故吧。

情是快樂與煩惱的根源，有些平凡的小事物，是我們生命裡曾經輝煌的煙火，寄託了剎那的深情；他年相逢，所帶來的不僅是回憶，也是一種重省與玩味，它昭示了人生的悲歡離合，也使我們在紛亂倏忽的歲月中有了片刻的駐足，對人世與那所謂的滄桑有了不同的領會。「有情」雖常是心靈的負累，我們要為那樣的情付出許多心力，但那也許正是我們活著的見證，甚至是全部的意義。

晚上，音響工廠的技術人員來電，說音響已經修好，沒有問題。我和妻子將家中的櫃子重新整理，騰出了一個空位，電線都拭去灰塵，像等待一位契闊已久的家人，有情地，我們等待著那熟悉的歌聲再度充滿我們心中。

人生的話題

故人具雞黍，
邀我至田家。
綠樹村邊合，
青山郭外斜。
開軒面場圃，
把酒話桑麻。
待到重陽日，
還來就菊花。

夜裡有點肚子餓，從冷凍庫裡拿出從超市買回來的蔥油餅打算解饞。這餅作法簡單，只要熱一下平底鍋，將現成的餅放在上面煎到兩面有點焦黃，傳出了蔥油香，就可以大快朵頤了。若要考究一點，可以先製一張薄薄的蛋皮，然後和餅捲在一起吃；要更享受一點的話，可以再配一片起司，這時不妨播張舒伯特的《阿貝鳩奈奏鳴曲》。可惜這種餅過油且澱粉多，常當宵夜吃容易發胖。

正準備將蔥油餅的包裝紙盒拿去作紙類回收，發現紙盒上除了一幅水墨畫，還題了一首我們大家都熟悉的詩〈過故人莊〉，設計這個冷凍食品的公司實在非常可愛，他想同時提供美味的食糧給我們的肚子和精神。

「故人具雞黍，邀我至田家。綠樹村邊合，青山郭外斜。開軒面場圃，把酒話桑麻。待到重陽日，還來就菊花。」我記得國中的課本裡選有孟浩然的這篇名作，孟浩然這個人雖然一生沒有什麼大事業，但詩是大家都佩服的，李白對他尤其傾倒。記得國中老師講〈過故人莊〉時只強調了「郭」是外城、「軒」是窗戶、「就」是「親近」的意思，和《論語》裡「就有道而正焉」的用法一樣……。至於詩好在哪裡，沒有特別的印象，而我也是這幾年來，才慢慢領會到這篇作品的可愛可敬。

人生到了一個階段，「吃飯」也常不得自由，所謂「飯局」，也就是一群不見得很熟的人為了一些特殊目的而邀集起來，邊吃邊談，有時問題嚴重，有時內情複雜，眼前雖是山珍海味，但吃得心事重重，食不下嚥。這樣一餐下來，精神壓力是很大的。

但〈過故人莊〉所描寫的卻不一樣。詩裡是寧適卻歡樂的聚會，主人準備了自己家本來就有的飯菜，詩人一路走走看看，隨興地來到美麗的莊園；老朋友見面可以不拘禮數，也沒有什麼嚴肅的話題，窗外窗內，同樣「自然」。所謂「自然」不僅是一個名詞，指孟浩然詩中的山光水色與田園生活；「自然」亦是一個形容詞，表現人在這樣環境中悠然的愜適狀態，古代詩人認為這是最理想的人生。

惟詩裡「把酒話桑麻」這句使我有了莫名的悵然。不同的年齡話題是截然不同的，記得我「少年十五二十時」，和朋友間的話題不外中華職棒、隔壁班漂亮的女生、灌籃高手或NBA，偶有幾位或許談一下文學電影。但現在大家重聚，聊的多是政治選舉、投資理財、工作升遷、房屋汽車以及各種慢慢出現的疾病。昨日的夢想、青春的追尋、櫻木花道與塔可夫斯基都像退潮後的浮浪離我們遠去了，我的心是一片荒涼的沙灘。「話桑麻」不涉於人生榮辱，無關乎你爭我奪，也不屬於物質享受的膚淺欲望，可說是人間最素樸清純的話題！就像賞菊一樣，純粹的審美是要擁有超脫的心靈才能領略的樂趣。

餅盒上的小詩也許暗示消費者，他們的食品有著詩中那樣純樸自然的風味，我們需用一種簡淡的心去品嘗。然而讀著它的剎那，我忽然懷念往日天真的友誼，以及當下人生瑣屑而可笑的煩惱。成長有時竟是一件那樣殘忍的事，它奪去了我們可以「話桑麻」的心境，讓我們變得世俗起來，再也無法擁有樸素卻美好的時光。咀嚼著熱呼呼的麵餅，一時竟也不知該如何形容其滋味了。

林書豪的沙發

白頭蕭散滿霜風，
小閣藤床寄病容。
為報先生春睡足，
道人輕打五更鐘。

林書豪在美國職業籃球賽中表現精采，他的隊友費爾德斯（Landry Fields）家裡那一張很普通的褐色沙發也跟著一起暴紅，費爾德斯將這張沙發的照片放在網路上，吸引了幾十萬人次的瞻仰膜拜。原來林書豪在沒有受到球隊重視前，在紐約連住的地方都沒有，上場前的晚上就窩在隊友家的沙發上睡了一宿，沒想到第二天表現有如神助，這張幸運的「魔力沙發」，也成了一個有趣的話題。

大家都知道林書豪的成就來自於苦練和永不放棄的毅力，和什麼沙發一點關係都沒有。但是人們還是喜歡這個話題，因為這張沙發隱然代表了一些什麼：一個默默無名的小伙子的奮鬥史、一種隨時準備離隊的冷落心情、一個同情與友誼的夜晚、一種不畏環境困厄的希望與等待，最後是一次自我證明——那張小小的沙發孵出的夢想洗刷了輕視與嘲笑、贏得了榮譽和理想的實踐。這些多重的內涵、複雜的情緒，一時很難以三言兩語講清楚，但是當林書豪笑著說他要感謝那張具有神奇魔力的沙發時，大家或也多多少少領略了語言背後所蘊藏的感受，一點辛酸，一點甜蜜，那不正是我們每個人都歷經過的人生嗎？因此我們也可以在心裡產生某種悠遠的低迴。

從詩的立場來說，這張沙發是一個「象徵」，也就是用一個具體而鮮明的「象」，來暗指某個意義、概念或情愫。這是文學，尤其是詩裡最常見的手法。兒時讀《唐詩三百首》，編在書裡最後一篇作品是杜秋孃寫的〈金縷衣〉

勸君莫惜金縷衣，勸君惜取少年時。
花開堪折直須折，莫待無花空折枝。

詩寫得很平凡，所說的意境也就是父母師長經常訓誡我要愛惜光陰的那一套，詩裡唯一特別的是用了「金縷衣」這個特別的意象，「金縷衣」是古時以金絲銀線所織繡的衣裳，相當華貴。這樣的衣服不能每天穿在身上，必是「公子王孫芳樹下，清歌妙舞落花前」的歡樂宴會時所著的華服。詩人勸那些浮浪子弟不必珍惜「金縷衣」，實際上是勸勉那些喜歡追逐歌舞歡樂、美食醇酒的年輕人，不要只顧著眼前的逸樂，而應把握青春，為自己的生命創造一些真正的理想價值。或許是因為有了「金縷衣」這個鮮明的象徵，這首平凡的詩才得以選入《唐詩三百首》吧！

所以大凡好的作品，都有一個好的「象徵」，所謂「好」，是指作品中具體的實象描寫，能夠切要地指陳作者企圖表述的概念，同時不流於怪異或冷僻。作品中的「好象徵」都是在日常情境中所自然流露的，當我們對自我內在的感受有所體會時，當下外在的一切都成了一個充滿暗示的存在，那時我們寫下的耳目聞見，也就可能是一個深致動人的象徵了。

昨夜讀到蘇軾的〈縱筆〉：

白頭蕭散滿霜風，小閣藤床寄病容。
為報先生春睡足，道人輕打五更鐘。

詩的最後一句寫得真好，道人打鐘是盡寺觀工作的本分，但不要吵醒熟睡的大詩人，他有權力可以輕一點。而這一個動作，同時也是極有象徵趣味的，輕輕的鐘聲不擾幽夢，小道士對詩人的敬重和關愛溢於言表，半睡半醒的詩人當下想必是非常幸福的。我想蘇東坡的籐床、林書豪的沙發雖然都不甚舒適，但那是隨時都存在的生活；懂得了其中意趣，人生也就隨時盈溢著小小的詩情。

一卷殘書自在看

曉霧穿窗散作煙，
淙淙清露滴琅玕。
秋深紅葉花如媚，
地暖濃霜當雪寒。
移短榻，負晴暄，
向陽庭戶對遙山。
浣衣歸後新炊熟，
一卷殘書自在看。

前幾天，我們所熟悉的散文家陳之藩先生去世了。中學時，大家都讀過陳先生的作品，〈謝天〉、〈失根的蘭花〉、〈哲學家皇帝〉、〈釣勝於魚〉等，這些作品是沙漠裡的綠洲，讓我的心在枯燥的課本裡暫得歇憩。他的散文作品文字精雅而寓意深刻，主題明確卻不致流為說教，許多文句更是經典，如「不是為魚的釣者，卻常常釣上大的魚來，因為他終年在水濱，常有機遇到來，非如緣木而求魚的『智者』，徒勞心力而已。」（〈釣勝於魚〉），重新翻閱了這些作品，追撫往事，許多中學時上國文課的情景又重回眼前，我彷彿還是當年那個對世界一知半解的國中生，在陳先生的文章裡，找到了智與美的悸動。

陳之藩是一位科學家，曾獲英國「電機工程學會」的院士頭銜，不過他的文學造詣更是不凡。據說陳先生很喜歡讀中國古典詩詞，董橋先生在文章裡說陳之藩有一回赴瑞士開「機械人與自動化國際學術會議」，但公事包裡除了相關的機械論文，還放了沈祖棻女士的詩集，又抄了一首特妙之詩：「青天無一雲，青山無一塵。天上唯一月，山中唯一人。」認為如果沒有白話詩，舊詩還可以發展得很成熟。

陳之藩的散文之所以動人，或許是受了古典詩的影響，他的文字十分凝練工整，對偶、排比的句子很多，使人閱讀時產生一種微妙的節奏感，如：「祖父每年在風裡雨裡的咬牙，祖母每年在茶裡飯裡的刻苦，他們明明知道要滴下眉毛上的汗珠，才能撿起田中的麥穗」（〈謝天〉）四句由兩組排偶組成；而他寫景的意趣，如〈哲學家皇帝〉：「當初造物的大匠畫這個『靜湖』時，用的全是藍色。第一筆用淡藍畫出湖水；第二筆加了一些顏色用深藍畫出山峰；第三筆又減去一些顏色，用淺藍畫出天空來。」這種眼光與形容，也使人想起古典文學中「秋水共長天一色」的韻味。至於文中的意境，更是文化心靈的結晶，他說：「在沁涼如水的夏夜中，有牛郎織女的故事，才顯得星光晶亮；在群山萬壑中，有竹籬茅舍，才顯得詩意盎然。在晨曦的原野中，有拙重的老牛，才顯得純樸可愛。祖國的山河，不僅是花木，還有可歌可泣的故事，可吟可詠的詩歌，是兒童的喧譁笑語與祖宗的靜肅墓廬，把它點綴美麗了。」（〈失根的蘭花〉）

有時，我們將科學與藝術對立起來，將古典與現代截然畫分，然而真正的智慧必是融通的，而至善之美也絕對不分畛域。我還記得陳之藩在《旅美小簡》這本書的序裡引用了詩句：「這個時代就是塊荒地。到處是怒吼的雷聲，卻沒有一滴雨；人們為雷聲所震聾，卻被無水所乾斃。」來說明他當時的憂慮。那是一九五七年的美國社會，如今看來，臺灣目前的狀況也不遑多讓，每個人都急於宣傳自己的主張、鞏固自己的利益，然而這些急於批評別人的偏見又能真的為時代帶來什麼雨露滋潤呢？

春雨淅瀝中，我重新讀了他年陪伴陳之藩開會的沈祖棻詩集：「曉霧穿窗散作煙，淙淙清露滴琅玕。秋深紅葉花如媚，地暖濃霜當雪寒。　移短榻，負晴暄，向陽庭戶對遙山。浣衣歸後新炊熟，一卷殘書自在看。」這首樸素的小詩意境悠遠，清涼靜謐；文學不僅書寫了作者當下的生活與感動，也留給後世人心可貴的滋養和啟發。

平凡事・不凡心

遠客悠悠任病身，
謝家池上又逢春。
明年各自東西去，
此地看花是別人。

許多人以為，寫作就是要寫出一些平常不會發生的特別之事；稿紙上的內容要讓人驚詫、使人眼界一開，如果是平平淡淡的老生常談，那麼不寫也罷！但我們一般人生活固定，早出晚歸，日日同坐一張桌椅同行一條道路，與整個城市的其他人共享相同的氣候，共同聽閱一樣的新聞，除了晚上作不同的夢，大多數的經驗可能都是雷同的，「太陽底下沒有新鮮事」，我們要怎麼找到使人耳目一新的東西來寫作呢？

所以許多人會有另一個錯覺，寫作的人必須經常去世界各地「找靈感」，或是本身擁有不同於一般人的特殊身分或經歷，如此他才能寫出一些不尋常的東西。我們不能否認增廣見聞有益於寫作，出身不凡亦可能造就特殊的才華，但是在寫作上真正重要的，其實不是遇到了什麼難得的事物而將它記錄下來，而是能在眾人皆以為的平凡中，看見其內在最不尋常之處。英語詩人奧登（Wystan Hugh Auden 1907—1973）曾說：「一個平庸的詩人與偉大的詩人不同之處是：前者只能喚起我們對許多事物既有的感覺；後者則能使我們如夢初醒地發現從未經驗過的感覺。」

劉禹錫的〈烏衣巷〉：

> 朱雀橋邊野草花，烏衣巷口夕陽斜。
> 舊時王謝堂前燕，飛入尋常百姓家。

野生的花草、黃昏的夕陽、燕子飛迴與往來的人群，其實都很平常，都沒什麼特別，但是卻在作者巧妙的安排下，便有了古今興亡的滄桑之感。柳宗元的〈江雪〉：

千山鳥飛絕，萬徑人蹤滅。
孤舟簑笠翁，獨釣寒江雪。

雪山寒江，小舟釣叟，我想這在古代也不稀奇，但一經作者表現，我們便彷彿置身圖畫裡；在遙遠的時空下，也約略明白那位漁翁面對眾人避走的嚴酷世界，他卻隱然有一份無畏而自在的情懷，作者的胸襟也因此顯豁了。

因此我們知道，寫作不是報新聞，而是體會生活裡的詩情。真正的詩存在於我們心裡，當我們有詩心，那心所觸碰到的萬物都會染上優美的色彩；反之，一個心中了無詩意的人，縱然身在奇山異水間，亦只能寫出山青水綠、藍天白雲、風和日麗這樣的觀察與感受。但「詩心」從何而來呢？除了天生的秉賦，重要的是真誠地生活著，並細察生活中處處存在的情感；這樣我們將發覺發生在生活周遭的尋常事，每每寓含了許多關懷與愛，讓我們的生命在細微的感動中成長。因此刻意欺騙自己的情感或意志來「作文」，那是無法寫出好作品的，春日的繁花，有哪一朵是為了欺世盜名而開呢？

就像學院門口的櫻樹，每年都以滿樹豔紅的花朵歡迎同學寒假歸來，大家也爭相拍照，青春繁華，那是人間燦爛的風景。幾陣雨後，櫻樹抽出綠葉，很快便是一地殘紅，這時我總也無端有點感傷。學生在這裡看著花開花落也不過就四年的時光，幾年後這些鵬程萬里的年輕人還會記得此時此刻的情懷嗎？而我終究有一天也會離開這裡，那時必將有別人行過，像我一樣嗟嘆。唐人張籍的〈感春〉詩說：

遠客悠悠任病身，謝家池上又逢春。
明年各自東西去，此地看花是別人。

詩中那聚散匆匆的無奈與遺憾是很動人的，而面對著盛放的繁花，或許我們更該懂得珍惜從樹上落下的美麗真情。

聽取蛙聲一片

雨後逢行鷺，
更深聽遠蛙。
自然還往裡，
多是愛煙霞。

過了清明節，幾陣雨後，天氣更加和暖，白天在學校穿短袖的人也多了，打開窗戶，晴陽微風搖曳著碧綠的葉子，偶爾悄悄為我翻過書頁，世界雖然匆忙，但能在這樣的節候裡仰望敻遠的藍天，在鐘聲迴蕩的走廊上和那麼多年輕的笑語擦肩而過，突然也感到了莫名的幸福。晚上突然聽見了陣陣蛙鳴，彷彿一下子回到了童年。故事裡的公主和王子、國語課本裡為「井底之蛙」編成的念謠：「天只有井口大，地只有水一窪；再不久，我長大，這世界連我的肚子都裝不下。」自然課堂上老師教我們觀察蝌蚪，如何從小魚的形狀慢慢長出四條腿，慢慢沒有了尾巴，終於從玻璃瓶裡一躍而入長大後的寬天闊地，留下了那再也回不去的小學六年級的自然教室，以及青青校樹……

前幾天一個人去炸雞店用餐，坐在二樓窗邊啃著雞腿時，心中浮現老詩人多年前的作品，他說他在公園一張缺腳的鐵椅上吃著速食店買來的雞時，竟想起了多年沒聽過雞的叫聲了。可不是嗎？除了電子鬧鐘模擬的雞叫，真的好久沒聽過雄雞對黎明的叫喚了；而我想在我們這個時代，失去的又豈只是雞叫聲而已，月落時夜鷺的低喚、細雨中布穀的催促、春日修竹裡的鶯啼或殘暮中的寒鴉霜鐘，這些詩意的聲音都離我們漸漸遠去了；取而代之的是呼嘯而過的機車，選舉時四處宣傳的「大聲公」，還有不時響起的手機，斷斷續續的戀人絮語。原來聲音也有古典與現代之分，因此在這樣的夜裡，那清朗的蛙鳴好像是從一首古詩，或是悠悠歷史的水井畔傳來，帶著泥土與青草的芬芳，於是我也有了一個晚唐或北宋的夜晚。

兒時這附近很多稻田，夏夜盡是青蛙們的大合唱，近幾十年來水田都蓋成了樓房，我不知道哪裡還有青蛙的容身之處；也許是不遠處那片一直有「糾紛」而無法開發的雜樹林，在雨後積了小水窪，那平常隱身於都市的蛙類，在今夜彼此召喚，回到牠們往昔的月色與稻香之中，為遙遠的過去再唱一首古老的歌——「稻花香裡說豐年，聽取蛙聲一片」，這是中學課本上令人回味的句子，我也靜靜地參與了這場音樂會，古人不是說「蛙聲作管弦」嗎？那有韻的，一呼百應的歡唱，驟歇而又乍起的歌聲，真像一個交響樂團在演奏一曲變化無方的春夜組曲，不知是否只有我和淡淡的月色在諦聽著牠們的心情，清風吹過林稍，好像是神祕的讚歎與輕輕的掌聲。

未受汙染的自然才有蛙聲，願意放下人間的爭逐才能欣賞青蛙歌唱裡的天籟。在古詩裡，蛙鳴往往伴隨隱士清幽的寂寞，「雨後逢行鷺，更深聽遠蛙。自然還往裡，多是愛煙霞」，我很嚮往詩人如此的漫步，雨後清涼的空氣，路上不知避人的鷗鷺，一直歌唱的深夜的群蛙，都是田園生活的一部分，詩人在田間泥濘的小路上且行且歌，也讓千百年後的我們走在他的詩裡。

有了幾聲蛙鳴，才讓夜晚顯得寧靜而非死寂，才讓童年有所回憶；遙遠的星光，舊時的月色，慈愛與盼望，歡欣的笑語和簡單的快樂……這些昔日的美好都在成長的旅途中漸次離我而去了。今夜的一片蛙聲提醒了我，世界上有一些事物從不改變它的樣貌，而且永遠等待著我，用兒時純樸的心再次回到水湄，回到一個永遠有夢的晚春初夏之夜。

美的理由

小小生金屋，
盈盈在紫微。
山花插寶髻，
石竹繡羅衣。
每出深宮裡，
常隨步輦歸。
只愁歌舞散，
化作綵雲飛。

我在學校教一門「詩選」課，主講古典詩，我比較了許多教科書後還是選用了高步瀛先生編選的《唐宋詩舉要》當課本，這部厚厚的大書除了內容豐富外，以前我當學生時老師也用這書教我認識詩歌，因此有著特別的感情；有時講到某詩，老師昔日上課時的情景忽然浮現心頭，備感溫馨。

編書的高步瀛先生（1873-1940）師承桐城派，是光緒二十年的舉人，還在德宗朝做過事，日本人非常推崇他的文章學術。日本侵華時高先生淪陷於北京城中，據說病危時還吟頌著南宋愛國詩人陸游的名句：「王師北定中原日，家祭毋忘告乃翁」，足見他的正直忠貞。可以想像，他所選的詩，大多是雲漢泱泱，浩氣蕩蕩的作品。我兒時讀《唐詩三百首》，裡面那些迷死人的愛情詩句如李商隱的「昨夜星辰昨夜風」、「芙蓉塘外有輕雷」；杜牧的「十年一覺揚州夢」、「輕羅小扇撲流螢」等等，都沒有受到高老先生的青睞而選入書中。

有時我們會以詩中所反映的志節情操來論斷作品優劣，不過有些作者似乎能超脫這種框架，以純粹的美來征服讀者的心，李白就是一個極鮮明的例子。例如在《唐宋詩舉要》這部嚴肅的詩選中，竟也收錄了李白的〈宮中行樂詞〉，據說此詩是唐玄宗宴會時召來已醉的李白，請他為宮廷的昇平景象所作的，李白醉中一揮而就，成詩十章，也成為千古佳話。不過這類宮廷詩經常只是單純詠歎那個金碧輝煌的貴族世界，沒什麼道德教化，也不寄寓深遠旨意，如此篇：「小小生金屋，盈盈在紫微。山花插寶髻，石竹繡羅衣。每出深宮裡，常隨步輦歸。只愁歌舞散，化作綵雲飛。」詩中詠歌一位貴妃，從她的身世、她的衣著、她受君王的眷愛、她如雲彩般的飄逸丰姿等層面來表現她的美。

這樣的作品脫離了中國古代習慣將「美」依附於道德概念的大傳統，肯定了「美」可以不必依託於「善」，而具有自我獨立存在的價值；或者說，當我們全心投入於美的追求或欣賞時，其實便已達到「善」的境界，相對於刻意而為的偽善，「美」更為純真。這個特色，讓李白和其他古代詩人有了很大的不同，古人以「天才」來形容李白，其實說的就是他內心的曠放與詩篇之耽美，這種特色也使他的詩難以學習且無法模仿，歷史上學杜甫的人很多，學李白的可說絕無僅有。

李白對美的企慕表現在那些充滿異想的詩句裡：他說那匹駿馬是用風暴所鑄成的，他說他的劍是是秋天第一次新落的霜，他喜歡飲西域胡人用葡萄釀的酒，暗紫的色澤既是春星燦爛的夜空，也是一朵異種的玫瑰。他說他聽過世界上最好的古琴演奏，其實那和尚只是隨意撥動了幾下琴弦，其他都是峨嵋山上的風所拂動的；他似乎也見過人間最清最圓的月亮，不然詩裡為何都是玲瓏的清光和滿地相思？他的身世是一個謎，他是天上貶謫來人世的仙人；他的詩像醉後的舞蹈那樣隨興而凌亂，但卻是無敵於當世。他對生命有悲哀的期望，因此也試過用一爐真火煉丹，追求虛無的神仙世界；也和野心家一起造反，但是美麗地失敗了。

讀李白詩，好像一念就懂，「兒時不識月，呼作白玉盤」，這樣的句子何需解釋？然而能親切地理解那幼稚中的天真，能懂得自己隨著年齡成長而失去歡欣，李白是洞察了生命真諦的人，因此他的詩是瞬間開謝的繁花，總以最美的姿態抵達我們的內心。他的偉大不需理由，因為美對我們的撼動，本來就是沒有理由的。

時間之詩

從來繫日乏長繩，水去雲回恨不勝。
欲就麻姑買滄海，一杯春露冷如冰。

收拾舊書，從《麥田捕手》中落下的小卡片上寫了四句詩：

一沙一世界，一花一天堂。
掌中握無限，剎那存永恆。

背景是原野上一朵小花的特寫，早已忘了這是幾歲時的收藏，當時覺得這首小詩相當雋永，長大後才知到這是英國詩人威廉·布萊克的作品，再次被這首小詩觸動的剎那，我不禁想：「那麼什麼是永恆呢？」

將手錶放在耳邊，裡面喀嚓喀嚓地發出輕微的聲響，敏感的詩人說那是死神在遠方的腳步，走向收割……。但我想那是地球轉動的聲音，順著幾何的軌道線自轉、公轉，於是我們有了日、月、年，再經過人工精密的切割，我們把地球的轉動縮小在手腕上，讓三根長短不同的指針詮釋宇宙或生命的奧義。據晉朝張華的《博物志》載，古代有個人登上了太空飛船，航行幾天後便「茫茫不覺晝夜」，離開地球，他首先失去的是循還往復的時間感。

我們活在分分秒秒中卻常渾然不覺，時間的腳步匆匆，為了有效、妥善地融入這「時代的巨輪」，我們每天在既定的作息中按表操課。鐘聲一響，大家魚貫走入教室，認命地讀書寫字；鐘聲再響，片刻的休憩，這才發現書本外的真理正搖蕩在金陽與綠葉之間。幾次鐘聲，便過一天，日復一日，便有了年歲。原來人生便是被這些時間的小片段所堆湊而成的，我們必須追上那鐘聲的腳步，現代社會的每個人好像惟有在時間的脈絡上才能體驗自己真實的存在。

古人沒有機械鐘錶，但對時間也很敏感，形容時間極短的詞有：須臾、剎那、斯須、彈指、俄頃、轉瞬……等。佛經裡面說：「一彈指有六十剎那，一剎那有九百生滅」，據現代的科學家研究，佛教中的一剎那大約是0.0133秒，近於照相機快門的速度，也就是說，當我們隨意拍下一張照片時，那就等於保存了生命中的一剎那了，而這一剎那中，竟包含了那麼多的生與死，念之使人驚駭。

詩人對於時間的感受與描寫多屬主觀，長髮可以「朝如青絲暮成雪」；飛燕秋去春來，人間竟然已歷百代興亡。而苦悶的時候則是「愁來一日卻為長」，這度日如年的感受大約是我高中時上數學課時的心情。詩人不僅感懷人生的盛衰，同時也以多情的心靈面對時間，把不可挽留的昨日當成棄我而去的絕情者是李白的浪漫；而因為當下的歡樂太珍貴了，那風流的紅杏尚書便「為君持酒勸斜陽，且向花間留晚照」，他盼望夕陽多留片刻以盡未完之興，然而時間又怎麼可能因誰而改變他的行跡呢？

於是詩人也有了奇異的狂想：「從來繫日乏長繩，水去雲回恨不勝。欲就麻姑買滄海，一杯春露冷如冰。」（唐．李商隱〈謁山〉）這篇神祕、難解的作品，表現了作者無法挽留時光的悲恨，他沒有長繩可以綁著太陽，不能阻止時間的逝去，只好入山找尋那位多次眼見滄海變桑田的永生女神——麻姑，請她賜予不死的仙藥，然而仙女只給了他一杯「春露」，有人說「春露」是酒，有人說是藥，但我想那也許只是一個暗示：春天的露珠晶瑩冰涼，轉瞬消滅，然而透過那清澈的水滴，我們或也能在其中看見一個永恆的世界。時間沒有開始，也沒有結束，因此生命並不用追求虛空的長度，而在於從任何一刻發現自我價值，以及真正明白我們所處當下的意義，那或許便是「掌中握無限，剎那存永恆」的真諦吧。

何處是我的茉莉花叢

翠葉吹涼，
玉容銷酒，
更灑菰蒲雨。
嫣然搖動，
冷香飛上詩句。

張潮的《幽夢影》每多機趣之言，有一則說：「人須求可入詩，物須求可入畫」，能寫入畫中的物件想必是美麗的，而能成為詩中人物的，則氣韻定屬不凡。不過，對於一位真正的藝術家或詩人而言，他的工作並不是將現實裡美好的人或物轉移到自己的作品中那麼簡單，而是要先能在世間平易的事物裡發現其中的美：靜泊在港口的疲倦帆船、繁忙街上匆匆而過的寂寞人群、工廠整齊而冷肅的圍牆與煙囪，這平凡的一切，在藝術家的筆下，竟都使我們感到難以言喻的喜悅或感傷，那就是藝術家以其獨特的心靈所發現，並透過作品所帶給我們的細微意境。

過去我常覺得古人生活處處都是優美靜好的，因此他們可以寫出那麼多動人的詩句：「松月生夜涼，風泉滿清聽」、「魚行潭樹下，猿挂島蘿間」，但山水樹色、風煙月夜，其實都是一直存在這世上，只是我們現代人沒有閒情去品味感受罷了；所以我們真正不如古人的不是環境之美，而是一種心境上的自適和灑脫。

在生活中發現或創造不同於世俗所嚮往的機趣是詩的開端。我認為南宋的姜夔可以說是最懂得在生活裡尋找佳趣的詩人，他一輩子沒做過官，大多數的時候寄居在名公鉅卿的家中，以作曲寫詩為業。他填的詞，往往有篇很美的文字說明創作背景，如〈念奴嬌〉這闋詞有句曰：「翠葉吹涼，玉容銷酒，更灑菰蒲雨。嫣然搖動，冷香飛上詩句。」他自己說明了當時的情況是：

古城野水，喬木參天，予與二三友，日蕩舟其間，薄荷花而飲，意象幽閒，不類人境。秋水且涸，荷葉出地尋丈，因列坐其下，上不見日，清風徐來，綠雲自動。

依偎著叢荷飲酒；躲在碧綠的大荷葉下作詩，清風吹來，花葉的清香當然就「飛上詩句」了。我們讀到的不僅是詩人精雅的字句，更是他充滿樂趣的生活方式。又如他在另一篇〈湘月〉中所記載：

大舟浮湘，放乎中流，山水空寒，煙月交映，悽然其為秋也。坐客皆小冠綀服，或彈琴、或浩歌、或自酌、或援筆搜句。

我常想，如果當時這些坐客像我們今天一樣在擔心能源危機、國際金融情勢或影歌星的花邊新聞，或是忙著用智慧手機上網、打電動，那麼應該不會有詩句的誕生吧！

詩歌是美好生活的結晶，但更應該說，當我們有了一種詩心，便能創造出更清雅的生活方式。詩的生活不是追求物質享受，而是為生活的一切找到屬於個人的意義，這意義便會成為生命裡最雋永的記憶，而詩就在其中。

姜夔有一回在夜飲時聽聞蟋蟀的歌聲，便「裴回（徘徊）茉莉花間，仰見秋月，頓起幽思」，因而填成了「西窗又吹暗雨。為誰頻斷續，相和砧杵」的名句。或許是茉莉花的清香為詩人帶來的靈感，或許是秋天的月色使詩人有了淡淡的悲哀，因而從蟋蟀的苦吟中得到了詩。有時，我也會被生活裡的小事觸動，也有了想要寫下那些當下感悟的衝動，但面對紙筆，卻經常遲遲寫不出一個字。或許我應學姜夔，找一片秋月下的花叢散步吟詠，但二十一世紀的臺北市何處有這樣的茉莉香呢？但我想我真正缺少的，也許是一顆更沉靜的心，一個更詩意對待世界的態度與方法——月下的茉莉花叢，其實一直都在我們最深的心中。

屈項向天歌

鵝鵝鵝，
曲項向天歌。
白毛浮綠水，
紅掌撥清波。

「屈項向天歌」，猜一種動物，答案——鵝。

史蒂芬．史匹柏的電影《戰馬》改編自英國作家邁克．爾莫爾普戈（Michael Morpurgo）的青少年文學讀物，人馬間的友情讓我想起了《來喜回家》這個兒時一讀再讀的作品。電影中，少年農夫亞伯特家裡有隻有趣的灰鵝，不僅下雨時會自己跑到廚房避雨，見到來意不善的惡地主，還會上前一陣追咬。這一幕讓我大笑許久，以前我們家養過鵝，鵝呆頭呆腦地朝你走過來時最好小心，一不注意牠便出其不意地咬人小腿，雖不流血，但那真的是非常痛的。

以前溥心畬為了畫猿便養了猿猴，王羲之愛鵝則是為了養性寫字，我家那頭大白鵝是我大姊的寵物，她這人不能以常理推度，居然會養一隻不飛的大白鳥當寵物，還取名為「呱呱」，真是奇哉怪也。那鵝來到我家時才拳頭大，一身灰毛，可能出殼未久，據說是公館那一個擺地攤的人硬賣給她的。幾個月後可愛的絨毛小物已長成一頭雄糾糾的大白鵝，在我家後院踱來踱去，心情不好時便用那黃珀色的硬喙追啄我們，我們對牠既恨又怕。

我們家從不吃鵝肉，所以牠能一直安然地以寵物鵝自居。養鵝很簡單，牠吃飯吃水吃青菜就好，不過我們發現牠很愛吃西瓜，給牠一片大紅西瓜牠可以啃到連皮都不剩，啃完後仰天大叫，彷彿意猶未盡。有人說養鵝等於養狗，的確如此，家裡一來客人，白鵝聽到了陌生的聲音便會呱呱亂叫，聲音宏大嚇人；妙的是客人語音一歇，鵝鳴也沉寂下來，客人才說半句，鵝又大聲鼓噪，一說一應，十分滑稽，有時弄得客人都不敢開口，大家要拚命忍住笑意。養鵝還有一大好處，就是可以防蛇。舊家後院外的山坡有比人還長的臭青母，以前養雞時便逮到過兩條，卷尾吐信十分可怕，但養了鵝以後便不見蛇蹤，無論蛇類是不是真的怕鵝，但至少有了牠在後門守衛，我們都放心很多。

豐子愷寫過一篇〈沙坪小屋的鵝〉，寫鵝真是唯妙唯肖，我讀到此文時已經上大學了，一面讀著腦海中就浮現了兒時的點點滴滴，惟可憾者，鵝是喜歡在池塘游水的禽類，我們家沒有池塘，只有一個超大的鋁盆可以略微安慰那頭白鵝的鄉關之思，有時我們看牠蹲在裡面若有所思也頗不忍，所謂「物性固莫奪」，詩人的話是很準確的，所以我們後來也將牠送到了一個池塘邊，讓牠能真正當一回悠游的鵝。

瑞典女作家拉格洛夫（Selma Lagerof）得過諾貝爾文學獎，那部著名的兒童文學《騎鵝歷險記》非常的優美親切，男孩被精靈變為拇指大小，騎著能飛的白鵝遊歷了美麗的瑞典國。故事的結尾是變得成熟懂事的男孩回到家中，還原為人之後，他不再能聽懂飛禽的語言，那在旅程中伴隨他的白鵝也歸於平凡，不再能飛。童年讀到此處，忽然非常悵然，原來成長所失去的是詩意一般優美的東西。

臺灣許多人愛吃鵝肉，說滋味鮮美，鵝掌更是一道名菜，有許多料理方式。然我到現在還是無法吃鵝肉，也許是心裡將那頭白鵝真正當成了童年時的一個朋友吧！女兒在幼稚園學了一首唐詩回來念給我聽：

鵝鵝鵝，曲項向天歌。

白毛浮綠水，紅掌撥清波。

我查了一下，竟是初唐四傑中的駱賓王在七歲時所寫的詩。我已久不聞白鵝向天引吭的歌聲，在這樣深的夜裡，不知為何，竟也有所懷念了。

重聚

浮雲一別後，流水十年間。
歡笑情如舊，蕭疏鬢已斑。
何因不歸去，淮上有秋山。

唱完〈青青校樹〉，十二歲的我們就像一群小鳥般地飛散各處了，年復一年，時光默默為我們添上了白髮，歲月偷偷把當年那群小學生變成了中年人，奔波在這偌大的城市裡。這幾十年間，搬家數次，也終於和小學同學完全失聯，有時想起兒時的點點滴滴，想起過去要好的朋友，也不禁有所感嘆。所幸這幾十年，整個世界也有了天翻地覆的變化，電腦、手機、捷運或臉書這些科技產物也從科幻電影裡走入真實的生活；憑藉這些便利的科技，讓我經過一番努力終於在網路上找到兩位感情最好的摯友，讓我們又可以重回當年的記憶，並突然理解了人世的倏忽。

以前在中學課本上讀過杜甫〈贈衛八處士〉：「人生不相見，動如參與商，今夕復何夕，共此燈燭光。」杜甫的詩中特別寫到了一盞燈火，除了現實的描寫外，那燈火的明亮、溫暖，對照著寒冷黑暗的世界，正是友情所帶給詩人當下的感受吧！而燭影在風裡動搖姿態，不正暗喻人間萬事變化的倏忽與不可捉摸嗎？詩人在另一首詩中寫到「萬事隨轉燭」大概也是這個意思。而這些意境，我在中學時無法真正體會，現在，我與舊友相約在一盞燈下重逢，心裡的確是感受杜甫詩裡的明亮與溫暖。大家都說杜甫是「寫實」的詩人，而此刻我竟感到杜甫的「寫實」，不只是呈現了他自己的生活與情感，同時也真正寫出了我的生活與情感，可不是嗎？「焉知二十載，重上君子堂」，我們相約在小學對面的喫茶店，夜幕低垂時兩位舊友從遠方匆匆趕來，當年誰能想到，數十載後，我們會在這每天經過的茶店中重溫一壺兒時的舊夢呢？

每個人雖然變了不少，但是還是能喚起過去依稀的記憶，大家聊起別後的人生，有時驚呼，有時感嘆；聊起各自的家庭，人生一路上的風雨陽光，雖然多年未見，但彼此似乎沒有一點隔閡；我拿出畢業紀念冊，一面問起其他人的近況，一面說起那些老同學當年的趣事，不復記憶的童年時光，又一點一點被我們喚起，許多我以為永遠失去的情懷重新湧滿心中。

主稱會面難，一舉累十觴，
十觴亦不醉，感子故意長。

我們雖然沒有酒，但深遠的故人情意，讓我們一直聊到夜闌，店家打烊才結束了這難得的聚會。

也許人生的每一個階段，都會遇到知己好友，然兒時的伙伴，卻總有著最特別的情誼。也許是因為那段時光是最天真無邪的，所以友情也帶著純真的色彩；也可能是我們在成長中，歷經了太多的競爭與猜疑，所以對那時無患無憂的日子有著特別深切的思念。然而在當時我竟未曾知覺這些情感在我人生中的可貴，遲了將近三十年才重新回頭尋找它。

童年以一種美麗而憂傷的姿態活在我們心底，那燦爛的陽光，那從遠方吹來的風，那對世界無盡的幻想與渴望，那靜靜成為石碑或一地華蔭的夢，可能多多少少決定了我們人生的一些內涵吧！我想起了韋應物的詩：

浮雲一別後，流水十年間。
歡笑情如舊，蕭疏鬢已斑。

燈下的我們都多了幾許白髮，明天我們又要各自踏上征途，然而我們的心裡從此應該會有一種懷念，以及因為這個懷念而產生的幽微詩情吧。

詩人與鬼

紅樹醉秋色，碧溪彈夜弦。
佳期不可再，風雨杳如年。

農曆七月是民間的鬼月，從小，我便覺得這是一個可怕而帶些浪漫的日子。清涼的夏夜，在滿天星斗下聽長輩講鬼故事，幽幽地便進入一個迷離的世界，回想起來，故事裡的鬼是人的翻版，不僅並不可怕，而且有時還多了一分人情溫暖。最近讀到了清朝紀曉嵐作的《閱微草堂筆記》，也有這個感覺。書中說有一位愛堂先生飲酒夜歸，所乘之馬忽然不聽使喚，在樹林山谷中亂竄，將老先生險些顛下馬來，這時黑暗中突然伸出來一雙鬼手，一手拉住馬轡繩，一手扶住老先生，並說以前愛堂先生曾救治過他的母親，今天他便來解除愛堂先生的斷骨之危。驚魂甫定的老先生「問其姓名，轉瞬已失其所在」，這樣的鬼，孝義兼具，是人的楷模。

有些鬼不僅品德好，文采也不差。有位王崑霞道士曾遇一鬼，那鬼風流瀟灑，一面感嘆人因為嗜慾的糾結而不得自由，一面說自己能登臨蕭寥清絕之景，探訪幽深險阻之勝，所得的快樂遠勝於為人，看到那些爭著去當人的鬼就像人爭著去當官一樣厚顏，他便不屑再去當人了；此君臨去還詠了兩句詩：「殘照下空山，溟色滄然合」，這樣風雅的鬼，真使我們每天追求名利之人感到慚愧啊！

自古以來，中國的鬼都很喜歡作詩。《全唐詩》裡面還特別幫鬼怪作的詩編了一個專輯，這些鬼怪詩才頗高，話說有位叫鄭郊的書生科舉沒考上，返鄉途中見到一座古墳上的竹子青翠可愛，作了兩句：「冢上兩竿竹，風吹常嫋嫋」，但一時詩思窘困，無法再續成篇，煩惱中忽聞墳墓中傳出聲音：「下有百年人，長眠不知曉」，將一首詩渾然無跡地續完了。

《全唐詩》所收錄的鬼詩不少是女鬼所作，因此特別有一分幽怨之情，如一位鄭愚先生在湘水樓中遇見的女鬼，詠詩曰：

紅樹醉秋色，碧溪彈夜弦。
佳期不可再，風雨杳如年。

二十字中寫景寫情都屬上乘，可說是鬼中詩魁了。

唐朝這些鬼出來作詩，當然不是炫才或求官，他們的詩往往都有一些深意，有位叫姚康成的書記官，寓居一舊宅中，半夜從隔壁房間傳來論詩的話語，他想一探究竟，推門而入，裡面一無所有，只有一個鐵銚（鐵製大鍋）、一支破笛子和一柄禿掃帚，三樣東西還留下了他們身世的詩篇，那禿掃帚的詩說：

頭焦鬢禿但心存，力盡塵埃不復論。
莫笑今來同腐草，曾經終日掃朱門。

看似自詠身世，實則說的是一位退隱老臣心中對昔日報效國家生涯的懷念，他的一生努力掃除朝廷裡的塵埃，想必是為國家做了許多事吧！而今棄置於民間腐草之中，心中的感慨必是很遙深的。

深夜中，讀著這些鬼怪精靈的詩篇，童年聽鬼故事的情懷又湧滿心頭。唐代真的有那麼多喜歡寫詩的鬼嗎？我個人頗感懷疑，我猜這些詩應該都是人作的，只是作者或許不想以真名行世，故託於鬼怪之言；也可能是因為一些名聲不高的詩人想讓自己的詩篇可以傳諸久遠，因此創造了使人驚異的小故事，讓詩歌敷上了一層神祕色彩，使讀者產生更多聯想。不過從這些鬼詩中可以想見，唐朝人對他們的詩歌藝術是相當自豪的，無論死生都離不開詩的生活。

農曆的七月家家戶戶忙著祭祀拜拜，那些縹緲的傳說雖不可盡信，但我們或許應該讀一讀鬼寫的詩，在一柱香中讚歎那些「非人力所及」的詩句，以及懷想那個生死不渝的詩藝追求的黃金年代。

孤獨片刻

日色隱孤戍，
烏啼滿城頭。
中宵驅車去，
飲馬寒塘流。
磊落星月高，
蒼茫雲霧浮。
大哉乾坤內，
吾道長悠悠。

我忽然想，當她一個人走在路上時，會想些什麼呢？

我從小自己的時間很多，多到用不完，多到覺得每天真是很無聊，我還記得沒上學前，整天跟在媽媽後面喊：「我好無聊！」那時父親忙著外出掙錢，母親在家裡，買菜、作飯、打掃與做一些家庭代工的小副業，我在旁邊黏著是累贅，母親盡量將我趕開；但姊姊都上學去了，學齡前的我實在不知道要做什麼好，那是一個沒有電腦、手機，電視只有三臺，蔣總統每天要發表談話的年代。那時也沒有什麼學前教育或才藝補習這些噱頭，大家日出而作，日入而息，我只好一個人玩一把彈珠，翻爛我僅有的一套硬殼圖畫書，想像小飛俠和虎克船長鬥劍，一人飾演兩角，在桌椅上跳來跳去，終於摔破了頭。

在孤獨中也不是全然浪費時間，我自己半猜半問地識了一些字，找出姊姊沒有帶去學校的課本，試圖理解裡面到底說些什麼，看到有很多蛇的圖片那頁，便拿原子筆在上面塗畫一些怪蛇；或是學老師幫我姊改作業，把那些作業簿用紅筆打上勾勾或叉叉，這些事被發現後自然是一頓打。其實我這不是什麼惡作劇，只是純然無所事事與不知後果罷了。但這些無聊的童年時光讓我靠自己的觀察認識了許多東西，例如螞蟻相遇時會互相點頭，野貓在樓梯下生了小貓，眼睛都還沒睜開啊！這些「自己的時間」也讓我有了東想西想的機會，對世界充滿了迫不及待的參與。

但現在我的孩子卻幾乎沒有這類空閒，我們安排各種活動讓她生活每天填得滿滿的，隨時都有大人在旁邊陪伴，指導她畫畫、彈琴或念書，有時電視也充當保母，使她隨時「目不暇給」，不斷接收資訊。她現在大概不會像我小時候那樣無聊，但我不知道這對她來說是好是壞，也許她有了更多學習機會，但少了胡思亂想與自我娛樂的童年，會不會若有所失呢？

上小學後，每天一大早送她到校門，看她背著書包慢慢踱進校門，我知道從校門到她教室還有一段路，要繞過一個圓形大花圃，走過穿堂，越過晨間熱鬧的大操場，爬上二樓才能到她的教室，我忽然想，這可能是她從小到大，第一次一個人走這樣一段路，這一路上她會注意天候的陰晴、花木的姿態還有中高年級小朋友的追逐玩鬧嗎？而這一切又會在她心裡形成什麼樣的暗示，使她產生什麼感受與想法呢？

獨自走過一條長路是成長的開始，因為那或將自覺於自我的存在，並品味前所未有的物我關係，心靈因此豐沛與浪漫。古人不少詩是在熱鬧的酒筵上寫出來的；但更多作品完成於孤獨而清醒的時刻，如選在中學課本裡的〈楓橋夜泊〉，就在剎那的孤獨裡，領會了鐘聲與世界如此遙遠，心靈頓時產生無限的寂寞；杜甫在艱苦的旅行中，突然感受「大哉乾坤內，吾道長悠悠」，一個人在天地中何等之渺，而前方的路又何等之長，人生的追尋與堅持，也許就是從這樣的情境中開始的吧。

現代科技的進步，行動電話，無線網路這些讓人即時獲得資訊，隨時與人保持互動的狀態，解除了許多孤獨的情境，但一閒下來便盯著螢幕不放，可能喪失的是對自我所處環境的感受與深思；以及與自我內心密談的契機吧！因此我也默默期盼走在那短短的一小段「自我之路」上的孩子，能盡情享受一個人的孤獨時光，深深地讓天光雲影或喧譁笑語成為一種悠長的記憶，一種屬於自己才能領略的生命感動——我想，那就是詩吧！

一人獨釣一江秋

一蓑一笠一扁舟，
一丈絲綸一寸鉤；
一曲高歌一樽酒，
一人獨釣一江秋。

假日來到河濱，這是政府新開發的運動公園，從堤防下來，除了綠油油的草地，一邊是網球場、壘球場，不時傳來運動比賽的歡呼，世界正熱情而年輕；另一邊是彎彎曲曲的自行車道，再往下走，到了河邊，一條懶洋洋的河在陽光下緩緩流動，對岸是稠密的樓房，遠方可見101大樓，圓山大飯店，不時有剛起飛的飛機越過頭頂。河畔很靜，也許是這一帶的自行車道還沒完全修好，沒有什麼人過來，只有幾隻水鳥往來飛迴，微風吹過柳樹發出沙沙之聲。漫步在都市難得的閒適裡，秋風中，心情也好像沉澱了下來。

臨近河水的泥灘邊好像坐了一個人，走近一看，原來是一位釣魚的老者。他戴著頂舊布帽，在一張小凳上把持釣竿，一派悠然的樣子。我不知道這兒的河裡竟還有魚，也不知他是否真的釣到了魚，不過他那樣靜定自在地融入了整個環境中，我猜他一定是這裡的常客。我不懂釣魚之術，但對那樣的情懷頗感嚮往，彷彿是一個人在與天地密談，或者說，是獨自傾聽著只有他能理解的風與水之對話。

漁人在中國文化裡有獨特的意義，民間傳聞姜子牙渭水釣魚而遇文王，遂有興周滅商之舉；東漢時嚴光不願為官，隱於富春江，傳說中的「嚴陵瀨」遂成了高士的象徵。釣魚之人既可佐濟天下，又清高自持，就連陶淵明也要透過一個漁人的無心闖入，才成就了〈桃花源記〉這篇千古奇文。歷代詠歌釣魚的詩詞佳篇迭出，兒時讀課本裡的「斜風細雨不須歸」，對那樣的青山綠水不免充滿嚮往；但讀到「獨釣寒江雪」時，除了寒冷孤寂，似也感到了一種堅忍的人生情操。我發現古人寫釣魚，總是愛寫獨自一人，這和現代大家總是呼朋引伴甚至包船出海去釣魚的情境大不相同。我想，古人可能將釣魚視為一種清高悠遠的活動，是個人心靈的澄淨時刻，如果是熱熱鬧鬧的一群人，似乎就只是一種休閒娛樂，無法達到那種高妙的精神境界了吧！

在寫釣魚的詩中，我又認為寫秋天的最美。

唐朝的司空曙是一個小詩人，但他寫的〈江村即事〉卻特別打動我心，我還記得初讀此詩是在一張小小的畫箋上：

釣罷歸來不繫船，江村月落正堪眠。
縱然一夜風吹去，只在蘆花淺水邊。

在斤斤計較的現實中，好像任何小小的損失都牽掛著我們的心，然而想想詩中漁人的灑脫，其實無論一夜西風再怎麼吹，小舟都不會真正的失去，我們人生裡的一切也當做如是觀。還有一位南北宋之交的詩人朱敦儒，寫過「晚來風定釣絲閒，上下是新月；千里水天一色，看孤鴻明滅」的詩句，我想他已不是在秋晚的湖心垂釣，而是在自己無風無浪，無欲也無求的夢境了。

我不知道在河邊垂釣的老人是否有著類似這些詩裡的心情，在這樣閒淡的秋光中，能靜坐在這似乎被整個都市遺忘的一角，等著或上鉤或不上鉤的魚，默想一些心事，其實也就足夠了。走到公園的盡頭，一座巍然的高架橋橫在河上，來往的汽車轟轟隆隆地奔向遠方，幽幽河流，青山倒影，秋來的樹色與飛鳥，那些漸涼的心情，可能都只是車裡乘客轉眼即逝的風景吧，匆匆的人間，誰能理解古人詠歎的情味呢：

一蓑一笠一扁舟，一丈絲綸一寸鉤；
一曲高歌一樽酒，一人獨釣一江秋。

運動詠歌

德陽宮北苑東頭，
雲作高臺月作樓。
金鎚玉鋆千金地，
寶杖琱文七寶毬。

「強身為強國之本」這是大家都知道的，然而能在繁忙的日常中身體力行，保持每日運動的習慣卻未必容易。現代文明發展出多樣的運動項目，就是讓人適性而為，古人可能是平日勞動已多，不再需要什麼特別設計的運動，因此項目也不如當今繁多。古代的運動多和軍事操習有關，例如射箭、賽馬、舉重、擊劍、摔角等，孔子就是一位舉重力士，他可以單手舉起控鎖城門的大木栓，十分驚人。

中國古代最風行的球類運動就是「蹴鞠」，也就是踢足球，這個活動在先秦就已經產生，到了唐朝更是一種普遍的活動，在軍中尤其風行。從許多唐詩中可知，蹴鞠往往是清明節前後的活動，如韋應物的詩〈寒食後北樓作〉：

園林過新節，風花亂高閣。
遙聞擊鼓聲，蹴鞠軍中樂

寫的就是軍中過節的景象；杜甫的〈清明〉詩也說：「十年蹴踘將雛遠，萬里鞦韆習俗同」，也是將足球與打秋千合在一起，視為清明節的特色。

唐朝是一個女權提升的時代，因此女子也踢足球，當時稱為「白打」。「白打」類似現在的「毽球」，也就是變出各種花式來將球踢高，晚唐詩人韋莊的詩：「內官初賜清明火，上相閒分白打錢」，就是說在清明時節宮中女子要特別表演這個活動，皇帝宰相還要賞賜「白打錢」討個吉利。到了宋代，踢球仍然很受歡迎，《水滸傳》就是從踢球開始，一個球技高超的市井之徒因為精妙的腳法而受賞識，竟然晉身高位，並揭開封印，放出了一〇八煞星。今日足球雖是歐美最為風行的運動，但以腳將球踢向目標這種奇妙的感覺，可能是不分古今中外的嚮往。

除了蹴球，古人也打球，類似現在的曲棍球一樣，以一柄前面彎曲的木棍來擊球，騎在馬上打球的稱「擊鞠」，不騎馬的稱「步打」，都是團隊運動。中唐詩人王建有〈宮詞〉一百首，專寫宮庭生活，其中一篇說：「殿前鋪設兩邊樓，寒食宮人步打毬。一半走來爭跪拜，上棚先謝得頭籌」，從詩中可知，比賽分成兩隊，攻向對方的「球樓」，誰先得分，便可以先得到賞賜。不過古代最激烈的運動當屬馬球，試看韓愈如何在現場描寫當時比賽的情況：

分曹決勝約前定，百馬攢蹄近相映。
毬驚杖奮合且離，紅牛纓紱黃金羈。
側身轉臂著馬腹，霹靂應手神珠馳。
超遙散漫兩閒暇，揮霍紛紜爭變化。
發難得巧意氣麤，讙聲四合壯士呼。

詩中寫到球手貼在馬腹上擊球的英姿，巧妙進球後觀眾的呼喊，如果韓愈生在今日，一定是稱職的體育主播。

馬球可以說是唐朝貴族的專利娛樂，許多皇帝都是能手。據說唐中宗時，有一回唐朝的大敵吐蕃來朝，他們還帶了一支馬球隊，並在比賽中連續戰勝了唐朝的國家隊。當時還是王子的李隆基（後來的玄宗）不服氣，與駙馬楊慎交、武延秀及李邕四人組隊，競以四對十打敗吐蕃球隊，這可說是一次相當難得的國際比賽，這次活動雖無詩歌記載，但是我們可在唐人蔡孚〈打毬篇〉一詩中有所體會：「德陽宮北苑東頭，雲作高臺月作樓。金鎚玉鑾千金地，寶杖琱文七寶毬」，這四句先鋪陳了比賽的場地和比賽的球杖與皮球。在激烈的對抗中：「奔星亂下花場裡，初月飛來畫杖頭。自有長鳴須決勝，能馳迅走滿先籌」，詩中以快馬決勝，相互傳球進攻的態勢刻畫得相當生動。

古代詩人中也有不少會打球或蹋毬的，文武合一才是真正健全的人生。我們在詩篇中驚歎這些古代運動家的英姿，亦當奮起鍛鍊，做一個允文允武之人。

從軍行

鎧甲生蟣虱，
萬姓以死亡。
白骨露於野，
千里無雞鳴。
生民百遺一，
念之斷人腸。

甫從大學畢業的同學在網路上貼出了「兵單」的照片，說正式一點是「常備兵徵集令」，就是國家正式通知你去某營區報到，當一個執干戈以衛社稷的軍人啦！這位同學自己先去剃了一個大光頭，許多朋友紛紛留言祝福，臺灣承平多年，入伍當兵雖然已不像過去那麼令人惶惑，但對一個年輕人來說，那種集體生活的模式，真槍真砲的冷硬觸感，以及站在前線保家衛國的使命之心，應該都是令人畢生難忘的。

戰爭在人類文明中占有重要的一頁，是許多文學詠歌感嘆的題材。在西方，特洛伊人與希臘人的戰爭，被盲詩人荷馬撰成史詩《伊里亞德》，其中表現了人性既卑微又偉大的複雜面貌，成為了西方文學最重要的經典。在中國，詩經時代便有令人感嘆的戰爭詩篇，《小雅．采薇》這部作品中，描述的是一個士兵出征玁狁（周代北方的邊疆民族）的心情：

昔我往矣，楊柳依依；
今我來思，雨雪霏霏。
行道遲遲，載渴載飢；
我心傷悲，莫知我哀！

詩中將昔日出征時的「楊柳依依」和當下戰爭中的「雨雪霏霏」兩相對照，說的不僅是氣候、景象的不同，更表現了戰士心中的悲苦與對和平的思慕。

戰爭故事離不開英雄，我高中時讀《三國演義》，對裡面謀士的權衡算計、武將的膽識武藝相當佩服；也對被塑造為奸臣形象的曹操相當不滿。但是後來讀了曹操描述戰爭的詩篇，如描寫董卓禍亂洛陽：「賊臣持國柄，殺主滅宇京，蕩覆帝基業，宗廟以燔喪」，他自己便感慨「瞻彼洛陽城，微子為哀傷」，我便對他有了一些改觀；後來讀到他與諸侯會師討伐董卓，諸侯間卻相互猜忌，自相征伐的詩篇：

鎧甲生蟣虱，萬姓以死亡。
白骨露於野，千里無雞鳴。
生民百遺一，念之斷人腸。

心中其實頗為感動，袁紹這些野心家發動戰爭是為了自己的權力，可是曹操卻真正對流離失所的人民付出關懷。和《三國演義》裡所塑造出的英雄相較，詩歌裡的曹操沒有長矛大刀於三軍之中取上將人頭的剽悍事蹟，但卻更有一分悲天憫人的胸懷，也許這才是英雄的真正意義吧。

所以中國古代的戰爭詩都不以戰爭場面的描寫見長，而是透過戰爭，寫下高尚的人生品德或是細微的私我心情。像中學最愛讀的〈木蘭詩〉，整個戰爭只有「將軍百戰死」一句，但木蘭的孝義忠勇，卻刻畫得十分生動；唐朝盧綸那篇雪夜追擊敵人的作品，他沒有描寫如何策馬奔馳、如何圍敵聚殲，更沒有金刀交錯、肢斷血流的場面，詩的最後只是輕輕停留在「大雪滿弓刀」的一剎那，表現了唐人的武德並埋下凱旋的伏筆。也許是對儒家文化對暴力的反感，古代的戰爭詩好像更多的是對傷亡的悲憫與殺戮的譴責，「猶是深閨夢裡人」、「一將功成萬骨枯」，都是對戰爭的反省，也隱含對和平的期盼。

我們今日生長在和平的年代，回憶我「當兵」的日子，好像就是一個在精神與體魄上鍛鍊過程，並沒有直接面對戰爭的心理陰影。我的父母那一代歷經過戰火，兒時常聽他們訴說流亡與匱乏的痛苦，以及生離死別的無奈悲涼；正如艾蜜莉·狄金生的詩所說：「和平，由贏得和平的戰爭解釋。」當我讀著歷代行軍打仗的詩篇，冰冷的戰場、淒迷的心情；抬頭忽見滿窗溫煦冬陽，一種幸福感油然而生。遠方依舊有戰火，在新的年度即將到來的時刻，也許我會在倒數的祝禱中，真心許下「世界和平」的願望吧！

寬恕

堂前撲棗任西鄰，
無食無兒一婦人；
不為困窮寧有此，
祇緣恐懼轉須親。

今年的諾貝爾文學獎頒給了中國大陸作家莫言先生，像往常一樣，有人認為實至名歸，但也有人不以為然。我過去讀過莫言一些小說，近年接觸的反而少，在印象中，他的小說想像力豐富而人情淳厚，有中國古典小說藝術的成分，也富含了他個人性格與生命的創意。在十二月初，他到了瑞典領獎並發表演說，用許多小故事細細說明了自己的成長及創作歷程。

他說小時候家裡相當窮困，一日他和母親到公家的麥田裡拾揀落在地上的麥穗，高大的看守人追過來逮住他們，打了他母親一耳光，並沒收了他們辛苦拾揀的麥穗，吹著口哨離去。莫言說他難忘母親嘴角流血，滿臉絕望的神情。多年後，那個看守者成為一個白髮蒼蒼的老人，莫言在市集遇上他，本想衝上去報當年之仇，但他的母親拉住他，說：「兒子，那個打我的人，與這個老人，並不是一個人。」

我在網路上看著大作家發表演說，聽到了這裡忽然想起了大詩人杜甫，他飄泊一世，備嘗辛酸，晚年因為遠行，曾將他的住宅送給朋友，並寫了首詩叮囑朋友要注意的事項：「堂前撲棗任西鄰，無食無兒一婦人；不為困窮寧有此，祇緣恐懼轉須親」，也就是對於那常來偷摘棗子的老婦人，你不僅不能阻止或責備她，反而要對她更加親切，多照顧一下。我想，詩人是懂得飢餓的痛苦，是懂得失去親人無所依靠的悲哀，更理解懷著負疚之心偷人棗子的羞愧與無奈，因此他包容了這個偷竊行為。而當年那個打了莫言母親一耳光並得意洋洋拿走麥穗的人，如果讀過了杜甫詩，也許能更加體貼掙扎在窮困上的人們，也許便不會如此暴橫了吧！詩歌教育使人「溫柔敦厚」，也許是「心」的潛移默化以致。

不過，莫言在這個頒獎的場合提到這段往事也讓我不免疑惑，他這故事究竟要說的是什麼呢？我想莫言不僅是要宣揚母親的德惠，他可能意識到了他的文學成就，其實並不是由他一人所完成的，許多前人的智慧、文化的美德，一點一滴沉積在他生命裡，因而造就了他作品中溫潤的輝光。

在東方文化中，佛教強調寬恕，那是因為對人的忌恨與報復之念，是心中最沉重的壓力與負擔，嚴重影響修行，況後來禪宗以「菩提本非樹，明鏡亦非臺」為喻，人世一切多屬空幻，我們的人生是「由來無一物，何處染塵埃」，為人應該放下心頭的執著，追尋生命的海闊天空。儒家也講恕道，「恕」是《論語》裡面一個重要的主題，也就是「己所不欲，勿施於人」。許多痛苦，我們不曾領略，一但遭逢了，心中必然有多的怨恨與憤怒，也暗自宣示著要讓那將我們推入痛苦深淵的人，將來也嘗嘗這種滋味……。然而「恕」，也就是在備嘗苦難之餘，不再繼續透過自己去散播這樣的苦痛，讓昨日的一切到我身為止，這不是懦弱或善忘，而是一種將心比心的仁慈，以及對於人性中軟弱、無知、自私、自大、貪婪等悲哀的理解和憐憫。

放下與超脫的智慧；仁慈與憐憫的胸懷，也許是一個從事文學創作者最重要的基石，而這也是我們文化裡始終恆在的理想。我不知莫言是不是要告訴世人這些，然我聽罷他的演說，細思生平與人計較、爭鬥或懷恨之事，想想莫言及其母親的寬恕，也不禁赧然了。

最是橙黃橘綠時

羅浮山下四時春，
盧橘黃梅次第新。
日啖荔枝三百顆，
不辭長作嶺南人。

吃完晚餐，母親端出一大盤柳丁，一片一片像天上半圓的月亮，剝開薄薄的皮，一口咬下，酸酸甜甜又多汁，實在是非常可口的。臺灣號稱水果王國，香蕉、鳳梨、西瓜、芒果、芭樂、釋迦、蓮霧、荔枝、楊桃、枇杷、草莓……兩隻手都數不完，兒時讀楊喚童詩〈水果們的晚會〉：「西瓜、甘蔗可真滑稽，一隊胖來一隊瘦」、「芒果和楊桃只會笑」，臺灣豐富多樣的水果，可能讓出生於東北遼寧省的楊喚感到不可思議吧！水果們的名字都可愛，味道都芳甜，讓我們永遠沉浸在水果爽口的記憶中：過年有夢幻的草莓上市，端午照例要吃幾枚奇香無比的枇杷，夏夜屬於西瓜，秋夜屬於柚子，一面剝著大綠皮一面賞月是中秋節最美的風情；冬天到了，柳丁上市，等大福橘堆在客廳的糖盒旁，新年就要到了。

每到此時，我就不禁想到蘇軾的〈贈劉景文〉：

荷盡已無擎雨蓋，菊殘猶有傲霜枝；
一年好景君須記，最是橙黃橘綠時。

這首詩寫在我小學時的音樂課本上，吟唱時聲情搖曳，十分動聽。但我最喜歡的部分是最後一句「橙黃橘綠」的意象。是啊，每年這個時候，好像辛苦的旅人走到了家門口，可以在爐火邊歇息，享受短暫的溫馨寧適，此時世間的顏色黃綠相參，如此調和又如此溫暖；我想起我的父母，一年的重擔，一年的風霜，都可在這樸素卻絢爛的風景裡卸下，好好休息。

一年中，每一刻都有美好的事物值得留戀，春夏的荷塘，從一灘死寂到盈滿綠意，再到蟬聲中幽幽飄香，露珠滾動的清晨，飛來蜻蜓、飛去蜻蜓的下午，那是何等美好！秋風吹來萬木蕭蕭，獨菊花孤芳傲世，淡麗的陽光正是陶潛杯中的酒，清澈而醉人。這些時刻啊，就是我們每天行過的日子，就是我們生命的年華，都該好好記取。但冬天來了，那代表死亡的凜冽令人無法抵擋，一切都指向悲觀與絕望的季節。但蘇軾說得真好，「最是橙黃橘綠時」，一年最好、最該記取的風景是寒冬裡的收穫，相較於荷葉、菊花的脆弱，橙橘的飽滿豐碩，也說明了生命中的追求，不是外貌的華美，而是內心的實在。

人生中輕盈躍動的青春是值得留戀的，昂揚奮發的中年亦是可堪回味的，惟獨所有人都畏懼年老，畏懼人生的冬天。但蘇軾要我們樂觀以對，成熟的智慧正是黃綠的果實，和煦溫暖地照亮人間。一面吃著柳丁，一面想起蘇軾另一篇被貶謫到嶺南時寫的水果詩：

> 羅浮山下四時春，盧橘黃梅次第新。
> 日啖荔枝三百顆，不辭長作嶺南人。

為了大啖在北方所吃不到的水果而願常居蠻荒，蘇軾的可愛，正是他永遠能在逆境中發現生命中最真實的樂趣與無窮希望。

節氣與星座

清晝開簾坐，
風光處處生。
看花詩思發，
對酒客愁輕。
社日雙飛燕，
春分百囀鶯。
所思終不見，
還是一含情。

時光無聲，既不匆忙亦不緩慢地循序前進，學期到了尾聲，忽覺一年又盡，沉思今年的得失與悲歡，心中也不禁漸生悠悠之情。平常對於時間沒有特別的知覺，現代化的日子，心情是隨著「星期」而波動的，以七天為一單位的計日法據說源於巴比倫，後來傳到埃及、羅馬，成為西方人普遍的計算單位，現在「全球化」了，以七日為一週期的作息好像也還算適合人性。在學校中，一個學期十八週，努力上課十八個星期便可迎來寒假；過完寒假再勉力一次就是可愛的暑假了，我以前總有一個疑問，這假期為何不叫「冬假」、「夏假」，而要以寒暑稱之呢？

原來，學校還保留著一些文化的傳統，在中國古代為了配合農耕，一年除了分為四季十二個月，另外還分了二十四個節氣，從春季的立春、雨水到夏季的小滿、芒種，從秋天的白露、秋分，到冬天的大雪、冬至，農人就在這樣的節奏中春耕夏耘秋收冬藏。如「微雨眾卉新，一雷驚蟄始。田家幾日閒，耕種從此起。」（韋應物〈觀田家〉），我們由此可知，「驚蟄」（國曆三月初）是古人開始農耕的時刻。而夏季最後的兩個節氣是「小暑」、「大暑」，相當於我們現在國曆的七月開始，是一年中最炎熱的時候，因此要放「暑」假；而冬季的最後兩個節氣是「小寒」、「大寒」，相當於國曆的一月，是最冷之時，因此是「寒」假。所以寒假、暑假都是承傳自節氣的概念，非常有傳統的味道。

古人依循節氣勞動生活，而今人則將西洋占星學上的黃道十二宮配合於二十四節氣，也居然相符相合；如我的星座是雙子座，從節氣來看是位於「小滿」到「夏至」之間。不過我認為節氣反應了農業社會務實的態度，而十二星座則是代表幸運或個性，充滿浪漫的想像，這可能也表現了中西文化的某種差異吧。

今人的詩裡因星座而生的感觸不多，古人詩裡卻常寫到節氣變化所帶來的心境轉折，如唐朝詩人權德輿在「春分」當日寫下對友人的思念：

清晝開簾坐，風光處處生。
看花詩思發，對酒客愁輕。
社日雙飛燕，春分百囀鶯。
所思終不見，還是一含情。

春光正盛，詩人詩興酒興正濃，卻感嘆無法與所思之人相見，美景中哀愁的情緒實難用文字來形容。而杜甫在「秋分」時寫的作品：「鳧雁終高去，熊羆覺自肥。秋分客尚在，竹露夕微微」（晚晴），則表現了久客異鄉的感嘆：雁鳥可以南飛故鄉，熊羆這類冬眠動物也把自己餵飽，獨詩人自己尚在羈旅，衣食無託，眼前只有一片黯淡的光景，其內心的悲傷不言可喻。

寒假將屆，也就是「大寒」之日馬上來臨。南國的臺灣在寒流來襲時，也凍得大家瑟縮不已。唐朝最關心民生疾苦的白居易，想到「北風利如劍，布絮不蔽身」的農民，便寫下「乃知大寒歲，農者尤苦辛」的詩句，而他也自省「顧我當此日，草堂深掩門。褐裘覆絁被，坐臥有餘溫。幸免飢凍苦，又無壟畝勤。念彼深可媿，自問是何人？」當我們擁有舒適溫暖的環境時，是否曾關懷在寒冷中辛苦的人呢？或是對他們默默的付出而心懷感激？源起於農耕文化的傳統節氣原來不僅是古人現實生活的輔助，同時也是反省自我、關懷他人的時刻；因此當我們關心著星座運勢時，可能也應體會那節氣文化裡所蘊藏的情感和深深的省思吧。

燈火闌珊處

蛾兒雪柳黃金縷，
笑語盈盈暗香去。
眾裡尋他千百度，
驀然回首，
那人卻在，
燈火闌珊處。

有些節日是屬於白天的，如春節、清明或端午；有些節日是屬於夜晚的，如七夕、中秋與元宵。白天的節日較為嚴肅，夜晚的節日則充滿浪漫。兒時過年，母親總說要過到元宵節這個「年」才算過完，還記得小學時的寒假作業，總有一個「花燈」的美勞作品，讓大家在一開學時的元宵節，可以有一盞自己的燈籠點亮整年光明的心願。

元宵又稱「上元」，就是一年中的第一回月圓之夜，主要的活動是觀燈。以往「看燈」是很重要的活動，小時候全家一起出門，人挨著人，欣賞燈會中眩人眼目的各式花燈。無論靜態或動態，那些閃爍的燈火扮演著民間故事與宗教傳說，紛紛濟濟，平添了這個古老節日的綺麗，然後，吃一碗熱騰騰的元宵，提著小燈籠走回家，安詳幸福就像小燈籠裡盈盈的燭光。

不過元宵節也是個令人害怕的節日，人擠人的黑夜，大人顧著觀燈，小孩最容易走失。《今古奇觀》裡〈十三郎五歲朝天〉的故事，就是講宋神宗朝王韶的小兒子「南陔」，五歲時元宵觀燈卻被歹人抱走，所幸這南陔智勇雙全，不僅安全脫身，還留下證據逮到一幫專門偷雞摸狗的賊人，更陰錯陽差進了皇宮，得到皇帝與娘娘的喜愛，是個皆大歡喜的結局。不過，在《紅樓夢》裡，一個三歲的小女孩「英蓮」，也是在元宵節賞燈會時被歹人拐走，後來輾轉進入大觀園中，展開其坎坷的一生，算是十分悲情。這些舊小說的情節栩栩如生，讓我們兒時在賞花燈時，心中也懷著一份莫名的危機感。

元宵也是古今詩人最喜吟詠的節日，古代有「宵禁」，就是晚上不准自由在外行動，但上元節這天可以例外。唐人蘇味道有〈上元〉詩：

火樹銀花合，星橋鐵鎖開。
暗塵隨馬去，明月逐人來。
遊伎皆穠李，行歌盡落梅。
金吾不禁夜，玉漏莫相催。

火樹銀花的光照夜晚，穠桃豔李的男女遊人，難得不實施宵禁的夜晚，詩人可以暢懷夜遊，此詩相當完整地表現了古代的元宵之夜。不過寫上元最膾炙人口的作品當屬南宋大詞人辛棄疾的〈青玉案．元夕〉：「東風夜放花千樹，更吹落，星如雨。寶馬雕車香滿路。鳳簫聲動，玉壺光轉，一夜魚龍舞。蛾兒雪柳黃金縷，笑語盈盈暗香去。眾裡尋他千百度，驀然回首，那人卻在，燈火闌珊處。」此作上半片力寫燈火之美，下半片則寫個人在熱鬧世界中的追尋與失落。「蛾兒雪柳黃金縷」是古代女子穿戴的飾品，然這些笑語盈盈結伴出遊的女子，並不是詩人所鍾情的對象；詩人的理想，不在洶湧的人潮中，而在一個甚至被自己所忽略的暗處，要在不經意之間，才能被自己所發現。

辛棄疾這篇作品不僅寫元宵情景，更以明／暗、眾／寡之對比來表現一種人生理想。王國維認為最後幾句，是「古今之成大事業、大學問者」所必經的最後一種境界，也就是在人生的追尋裡，我們不免隨俗地往燈火通明處行去，將他人的價值誤認為自我價值，因此追尋一生，縱有所得，心中亦不免空虛遺憾。而要如何才能不隨波逐流，在世界上找到真正屬於自我的意義呢？這是每個人都要思考的人生難題。有時，我也「驀然回首」，年少時所追逐的熱鬧與歡樂好像夜空的煙火漸漸隱沒了，退遠了；真正駐留我心的，是那燈火之外，亙古存在天際的清幽冷月，以及月下永讀不倦的一首小詩吧！

二十四番花信風

趁酒梨花，催詩柳絮，一窗春怨。疏疏過雨，洗盡滿階芳片。數東風、二十四番，幾番誤了西園宴。認小簾朱戶，不如飛去，舊巢雙燕。

每年陽曆的三月初，農曆節氣走到「驚蟄」，我不太喜歡「蟄」這個字，因為它的字型看起來有許多尖尖鉤鉤，好像會刺人一樣；「蟄」有兩個音，可以念成ㄓˊ，也可以讀成ㄓㄜˊ，字典上解釋為：「動物入冬藏伏土中，不飲不食。」「驚蟄」也就是指從這一天開始，春暖花開，冬眠的動物漸次甦醒，爬出土穴覓食與活動。說實在，我滿怕這類多腳或有毒的小動物，雖然我知道牠們大多個性害羞，見人就跑，對我們也沒什麼傷害，但是想到如果有天坐在大樹下，有隻這樣的小動物突然失足從枝枒落到我的頸項上，真是使人背脊發涼……

不過，無論如何，春天還是美好的，驅革了冬日的陰霾寒冷，「驚蟄」是春光正濃的日子，古人認為這個日子迎來了「桃花」、「棣棠」與「薔薇」三種花，正是「疏疏過雨，洗盡滿階芳片，數東風、二十四番」（王沂孫，〈瑣窗寒・春思〉）的日子。什麼是二十四番呢？那就是「二十四番花信風」。愛花的古人，很可愛地將花期細分為二十四個段落，從冬天的「小寒」開始，到春日的「穀雨」為止，據南北朝時代的宗懍所作《荊楚歲時記》載，這些花是這樣開的：

節氣名	**農曆日期**	**國曆日期**	**開花種類**
小寒	十二月初	1月5或6日	梅花、山茶花、水仙花
大寒	十二月中	1月20或21日	瑞香花、蘭花、山礬花
立春	一月初	2月4或5日	迎春花、櫻桃花、望春花
雨水	一月中	2月19或20日	菜花、杏花、李花
驚蟄	二月初	3月5或6日	桃花、棣棠花、薔薇花
春分	二月中	3月20或21日	海棠花、梨花、木蘭花
清明	三月初	4月4或5日	桐花、麥花、柳花
穀雨	三月中	4月20或21日	牡丹花、酴醾（荼蘼）花、楝花

而開花時吹來的風，就是「花信風」，帶著那天花朵的芬芳。

我不是植物學家，沒有辦法考證古人所記是否真實。不過，我想這也無須考證，因為這紀錄反應的是古人的浪漫情懷，在生活處處充滿了美的聯想，表現了對生命的熱愛，是一種「詩情」。

「詩」不應專屬文人雅士，而應是存在每個人心中的態度。早上起來，匆匆忙忙出門上學，也許心裡惦念著考試，也許腦海中被英文單字與數學公式所占滿，那麼我們幾乎無法領略吹來的春風中，懷有多少大自然對我們的柔撫與問候，多少泥土與草木的馨香。但是，如果我們能知道，今天是屬於薔薇開花的日子，無論實際是否如此，心中也許便有了柔和的粉紅色，在風裡也許便能嗅到那淡淡的甜香，感到世界如此美好遼闊，人生何須煩愁蹀躞呢？

盡日尋春不見春，芒鞋踏遍隴頭雲。
歸來笑拈梅花嗅，春在枝頭已十分。

這篇作品相傳是唐代一位出家人所賦，意謂對於春天，對於喜悅自在這些抽象情懷，其實是存於內心而不假外求的。因此當我們推開「心」的窗戶，讓世界美好的一切隨著二十四番花信風吹進我們的生命裡，那麼我們隨時都能擁有那些繽紛顏色或整個燦爛的花季。古人將農曆二月十二日定為百花生日，也稱「花朝」，我猜那天大自然必將布置一場絢爛的野宴。我們或許可以準備一首歌、一篇詩、一個美好的心情，在「花朝」當天，一起以貴賓的身分參與那神祕而美麗的春光饗宴。

期待的心

白髮被兩鬢，
肌膚不復實。
雖有五男兒，
總不好紙筆。
阿舒已二八，
懶惰故無匹。
阿宣行志學，
而不愛文術。
雍端年十三，
不識六與七。
通子垂九齡，
但覓梨與栗。

天運苟如此，
且進杯中物。

十二年國教即將實施，家長、老師與學生莫不憂心忡忡，家長擔心在學校的成績如何計算、會考要考些什麼、超額該怎麼比序、體育音樂美術等科目的成績重要嗎？老師則懷疑學生學習意願會不會下降、以後高中一個班級中程度落差大教學是否有困難？而社會賢達則批評技職教育可能會遭到破壞、產學之間會不會有落差、社會資源能否公平分配？而同學，則是不免感嘆，學習壓力不但沒有變小，反而有點人心惶惶……

這些心情是可以想像的，中國在唐代有了科舉，從此學習與教育和每個人都有了密切的關係，「三更燈火五更雞，正是男兒讀書時」是古人勤讀力學的寫照；而「十年寒窗無人問，一舉成名天下知」、「書中自有黃金屋，書中自有千鍾粟」，則宣揚讀書的現實利益。讀書本是為了求知，不過在古代與當今社會，「知識就是力量」，讀書不僅是滿足個人對知識的渴望，似乎也和未來的出路、人生的幸福有了一定的聯繫，因此一個教育制度的變動，總被想像成是對個人生涯規畫的大破壞，無端引起許多焦慮與煩惱。

從我這過來人的經驗來說，我升高中時是個落榜生，沒有學校可念；大學也不是讀國立大學，更非熱門科系，但至今為止還是能好好地活著，曲折的過程雖然可能辛苦一點，卻也有許多意外的收穫，順其自然的人生不會虛擲，我相信只要堂堂正正地做人，學著自己覺得有趣的東西，養成閱讀的興趣與習慣，在哪裡念書，差別其實不大。

現代父母對孩子的關心很多，從小補這補那，總是怕輸在起跑點，這天下父母心是很偉大的。不過也有父母對孩子是否有成就淡然以對，中學時讀陶淵明的〈責子詩〉：「白髮被兩鬢，肌膚不復實。雖有五男兒，總不好紙筆。阿舒已二八，懶惰故無匹。阿宣行志學，而不愛文術。雍端年十三，不識六與七。通子垂九齡，但覓梨與栗。天運苟如此，且進杯中物。」陶淵明的孩子是十六歲的阿舒、十五歲的阿宣、十三歲的雍和端，以及最小的阿通。每一個孩子在他眼中都是輸在起跑點而很不成材的，要知道陶淵明雖是隱士，但年輕時卻相當積極，曾在桓玄、劉裕這些大將軍手下做事，他說自己：「少時壯且厲，撫劍獨行遊。」因此當他年歲漸長，卻看到孩子完全沒有像他當年那種進取之意，終日渾渾噩噩，也不免要有所感嘆了。而另一位詩人蘇軾則說：「人皆養子望聰明，我被聰明誤一生。惟願孩兒愚且魯，無災無難到公卿，」既要「愚且魯」，又要「到公卿」，我們不禁要嘲笑蘇軾的不切實際了。

嚴格說來，我也曾是那種看不開的父母，對小學一年級的孩子也有很多期許，希望她能讀好書、彈好琴，體育美術樣樣都得第一，而且處處受人歡迎。想到自己從小到大都沒得過第一，現在卻有這樣的念頭，也不禁感到自己的矛盾與可笑。不過看到她在陽光燦爛的草地上開心地奔跑、呼喊，一下學小狗一下學小鳥，心想若她能自由地享受生命，快樂地成長為她自己所期待的樣子，其實有沒有那些我所期望的現世成就好像也沒關係。在春天暖洋洋的麗日和風中，草坡上孩子的喜悅是如此真誠，他們的明天像晴空一樣朗闊，身為父母，我是不是也應學習用更遼闊的心來期待呢？

讀書難字不放過

三十年前此地，
父兄持我東西。
今日重來白首，
欲尋陳跡都迷。

星期六的黃昏，結束了在國家圖書館的演講，信步於羅斯福路微溫的春風裡，不覺走到了福州街口的國語日報出版社，正逢門市新開幕，便進去踅了一圈。書店雖然不大，但設計精雅怡人，門口的寵物箱中陳列著各類巴掌大的甲蟲，一排書桌上掛著彩色的燈籠，滿架新書前擠滿了熱愛閱讀的家長與孩子，另一側的櫥窗裡，陳列著已成為「歷史文物」的早期出版品，《保母包萍》、《小亨利》等，那都是我小時候翻過的故事書或漫畫，不意今日重逢，勾起無限回憶。王安石的詩說：「三十年前此地，父兄持我東西。今日重來白首，欲尋陳跡都迷。」可不是嗎，三十年前，十歲的我和姊姊一起來這看書、買書；今天再次來到，雖然眼前的一切都已不同，但以孩子為中心的書店所帶給我的溫暖與感動卻和當初完全一樣。

書店中儘多有趣的作品，不過我發現陳列字典的書架前讀者最少（其實是一個人也沒有），也許大家都將字典看成是工具書，要在有需要時才想到它。不過我覺得沒事時翻翻字典其實是相當有趣的，因為漢字本身就是一個引人入勝的世界。我找到了《國語日報學生字典》，真是愛不釋手。記得小學時，每天回家的國語作業除了寫字還要「造詞」，有些同學都是照抄參考書上的詞例，不過我都是拿著一本小小厚厚的《國語日報字典》慢慢查，邊查邊寫，同時看看前後的其他字詞，一頁功課要寫好久，但每一次都有很多收穫，字典真是良師益友。

我站在書架前慢慢讀著這個新編的字典，部首中「龠」部的筆畫最多，比「龜」、「龍」還多，但其實此部只有兩個字；而「艸」、「木」、「水」、「手」這幾個部首字是最多的，可見這些東西與我們生活關係最為密切。字典後面還有許多有趣的附錄，漢語發音的拼讀方法、標點符號、歷史上不為我們所注意的國家與朝代的整理表列、度量衡的對照……這些在時人眼中也許不算什麼偉大的學問，就像「袓」、「惔」這些字，雖然不知道它的音義好像生活也沒什麼影響，但是在字典上讀到並記得了，就好像擁有了一份與眾不同的能力，心中有了一個所羅門王的寶藏那麼富足，也許這就是知識本身的喜悅吧！

學問浩如煙瀚，沒有人能博通一切。陶淵明說自己讀書「不求甚解」，我不知他遇到難字時會怎麼做；但杜甫在鄉間生活時則宣稱：「讀書難字過」，也就是不會的字就跳過去，不必翻查《爾雅》或《說文》這些字書了，杜甫或是想藉此表現自己的瀟灑和曠達；而我還是相信胡適先生所說：「買部好詞典，不懂或似懂非懂的字或詞，好好查一查」這個觀念。

其實家裡的字典已經很多了，以前外祖父的朋友編贈的《新修康熙字典》是我讀古書時常要翻查的；書架上還有一套八大本的《漢語大字典》，這其實是妻子的「嫁妝」，我有時對付一些新名詞需要依靠它們；而比較日常的詞語，則運用三民書局送我的《學典》便足以得到所需，研究室的案頭則是置上一部《遠流活用國語辭典》，而現今網路上隨時可以查到「教育部重編國語辭典」，這些應該已能滿足在讀書時遇上疑難的輔助需求了。不過我還是買了一本《國語日報學生字典》回家，心想女兒以後一定是用得到，而我在夜裡於燈下便隨意翻讀了起來，那親切的情味，彷彿重新溫習了小學時寫生字、查字典造詞的漫漫情懷。

我也曾經追尋

西塞山前白鷺飛，
桃花流水鱖魚肥。
青箬笠、
綠簑衣，
斜風細雨不須歸。

每天黃昏，天空的雲彩在夕陽的淡刷下成了淺淺的紫色，我疲倦歸來，像一條與風濤奮鬥終日的小船終於回到港口，在輕波搖曳下緩緩進入了夢鄉。每天早晨，朝陽又將我的窗戶塗滿金色，我整裝出發，滿懷鬥志地迎向新的未知與挑戰。日復一日，年復一年，花落花開時也曾停下奔波的腳步自問，我鎮日追逐的，是幻影，還是一個堅實存在的理想。

我想起了王國維先生曾說人生的三境界這回事，他以「昨夜西風凋碧樹，獨上高樓，望盡天涯路」為人生的第一層境界，也就是說，平時遮蔽我們視野的樹木在秋風中零落了，我們在一種清醒的自覺中看見了遠方，心中便有了對自我的期許與朝向遠方追尋理想的念頭。回顧我的少年時代，在從小唐詩的吟詠中，在後來不斷的閱讀裡，我比同學更早就確立了想要學習文史類科的志願。諸多的科目中，好像只有文學能讓我悠然忘返，而歷史的興衰無常也更讓我有一探究竟的渴望；面對數理這些學科，總是覺得缺少興趣與動機，因此成績也不是很好，但我那時並不在乎，因為我認為我已經看到了我的「天涯路」，已經知道了人生的方向何在了。

王國維說人生的第二層境界是「衣帶漸寬終不悔，為伊消得人憔悴」，這也就是說追尋之苦，就像一種相思，使人憔悴（衣帶寬是反襯人的消瘦）。在人生的路上，我有了方向，但是如何走向那個彷彿在召喚我的前方，那個可以讓我悠遊一生而不感煩倦的世界，其實我很茫然。無數的試探，逐日的積累，我在文學的世界發現了從前所沒有的快樂，當我愈明白文學藝術的某種奧義，它對我的吸引就更深了一分，所感受的快樂也比以前更多，我有了不斷向前追索的動力。整個大學的暑假，我在圖書館裡一個固定的位子上，日日看著太陽從左手邊升起，復由右手邊下落，在一頁一頁的書中，我好像失去了許多人間的快樂，但是也好像獲得了一種神祕的喜悅。

「眾裡尋他千百度，驀然回首，那人卻在燈火闌珊處」，這是王國維先生說的人生最後一境界。那些明亮的、喧囂的世界，讓我們的心在其中有所悸動與歡欣，然而有一天我們會發現，當我們沉思生命，也許真正最終能為我們帶來心靈的滿足與平靜的，反而是一些眾人未嘗注意，甚或也被我們自己長期忽略的東西。我不知道對我而言那是什麼，我得到了文學博士的頭銜，我可以在大學裡面和同好暢談我最喜愛的詩與文章，我可以到處演講分享我的體會，可以寫下我的心情和思想並與讀者交流，可以用文字為自己與時代留下些什麼……這些不正是我曾昔的夢想嗎？當年那個孤單的少年，昨日那個狂狷的青年，驀然回首，我竟有點不敢確定，這一切是不是真的是我所盼所求，抑或只是一個假相罷了？

我想起小學課本裡的一首詩：

西塞山前白鷺飛，桃花流水鱖魚肥。
青箬笠、綠簑衣，斜風細雨不須歸。

我不知道這位倘佯於山水間的老漁翁，是在人世之初便已立志成為一瀟脫物外的隱者；或是曾經轟轟烈烈地追求過什麼，最後卻在小舟的風雨裡得到人生的滿足與寧適？我們永遠不知道這個世界的祕密，永遠不明白自己的心會在什麼地方轉彎。獨坐春天將盡的假日黃昏窗前，窗外人語隱約，鳥聲啾啾，我忽然明白其實不必再多探問，在這詩意的當下，一個輕風微微翻動書頁的時刻，或許就是我所一直期待的吧！

無求

清江一曲抱村流，
長夏江村事事幽。
自去自來堂上燕，
相親相近水中鷗。
老妻畫紙為棋局，
稚子敲針作釣鉤。
多病所須唯藥物，
微軀此外更何求。

小時候老師常告訴我們，人類是一個分工的社會，「一日之所需，百工斯為備」，大家要相互合作，社會才能祥和進步。隨著年紀漸長，也愈感到自己的渺小，生活裡無論大小事，幾乎都要依仗別人才得圓滿，有些問題還要寄望於他人的配合與幫忙才得解決。懇求別人伸出援手不是件愉快的事，有時要看人臉色，有時要付出代價，歷史上這些故事很多：如春秋時代秦晉圍鄭，鄭伯便恭恭敬敬地請老臣燭之武出面勸退秦軍，燭之武便藉機奚落了鄭伯一番，鄭伯也只能承認：「吾不能早用子，今急而求子，是寡人之過也。」一國之君這樣低聲下氣，心中想必是不太好過的。而唐朝安史之亂時，唐肅宗為了及早收復長安，便向勇悍的邊疆民族回紇人借兵，條件是任由他們劫掠長安城的財物，在國家危急之際，皇帝也只能答應這動搖國本的代價。

走過土地公廟，廟前匾額大書「有求必應」四個字，的確，在茫茫人世中，如果真的有個「有求必應」的對象，日子定會順遂很多。不過求人不如求己，我們一方面應該積極的發現問題，主動幫助別人；另一方面也應多充實自己的能力，許多事情能夠自己解決那是最好不過的了。

古人視「無求」為一高明的人生境界，正所謂：「人能知足心常泰，事到無求品自高。」人能知足，不去覬覦不屬於自己的東西，則也不必經常求人，心靈不會受到外物的拘束牽絆，便能拋下虛偽的面具做真正的自己，這是品格高潔的表徵。

英國詩人亞歷山大・波普少年時的詩作〈幽居頌〉描述一位隱士的生活如此：

牛群奉奶，田地獻糧，
羊群供他穿著；
樹木夏天帶給他蔭涼，
冬天給他薪火。

福人啊，能泰然靜觀
時日年光悄悄逝去，
身也康健，心也安詳；
日則靜處，夜則酣眠；
為學休憩，合而為一，
怡養精神，心無塵垢，
復益靜思，最是可人。

這真是自在生命的真實寫照，詩中的隱者不必奔走權貴之門以謀一小吏之職，亦無需到處告貸以解金錢上的燃眉之急，牛羊樹林給了他一切，讓他可以安安閒閒地讀書沉思，這真是「品自高」典範了。

我近來讀到杜甫的〈江村〉：「清江一曲抱村流，長夏江村事事幽。自去自來堂上燕，相親相近水中鷗。老妻畫紙為棋局，稚子敲針作釣鉤。多病所須唯藥物，微軀此外更何求。」杜甫在歷經了戰亂、逃難與流離的人生，這一年終於長途跋涉來到了四川的成都，自己蓋起了草堂，有一段安適的歲月。在鄉居生活中，初夏的天氣宜人，大自然與人們之間沒有界線，詩人以畫紙為棋、敲針作鉤的兩件小事，表現了一切就地取材，親自動手的生活樣貌，這不啻是一種閒暇之樂，更是擺脫人間紛擾，無欲無求的心境。據傳太古時代有位老人唱了一首〈擊壤歌〉：「日出而作，日入而息，鑿井而飲，耕田而食，帝力於我何有哉？」我想杜甫此時應也滿足在自己構築的小世界裡，對遙遠的長安城大概沒有什麼渴求了吧！

有時，我也想擁有這樣的寧靜閒逸，但現代的生活好像不太可能。也許無求的第一步是知足，安於我們當下所擁有的，並能在其中得到真正快樂，那幽人的高潔，那詩人的自得，即在會心不遠處。

孟夏草木長

孟夏草木長，
遶屋樹扶疏，
衆鳥欣有託，
吾亦愛吾廬。

對臺灣現代文學有非凡貢獻的尉天驄老師有一回到了臺東的關山，黃昏時在村子裡的一家小客棧吃晚飯，簡樸的店面掛了一幅字：「結廬在人境，而無車馬喧，問君何能爾，心遠地自偏……」，字雖樸拙，但很有味道，店裡的小朋友見有人欣賞這書法十分高興，對尉老師說：「這是我姨父寫的，這詩是他朋友作的……姨父說：這個人的名字叫陶淵明，他們以前常在一起喝酒。」尉老師吃著美味的烤魚飯，對小朋友說：「這個陶淵明也是我的朋友，我也跟他喝過好多次酒……。」我讀這篇文章時，也不禁微笑了起來。

可不是嗎，陶淵明雖是一千多年前的人物，但他一直是大家的好朋友。盛唐的王維感嘆這位老友：「陶潛任天真，其性頗耽酒。自從棄官來，家貧不能有」，宋朝的蘇軾更是「和」（音：ㄏㄜˋ，用相同的韻腳寫詩，表示友情或尊敬）了陶淵明一百多首詩。歷朝歷代，每個人都喜歡陶淵明，都將他視為知己。我國中的時候讀〈五柳先生傳〉，高中的時候讀〈桃花源記〉，大學還讀〈歸去來辭〉和許多詩篇，他的柳樹與桃花，詩酒和田園，已經成為中華文化裡最親切怡人的一部分了。想到這位「好友」，心中便浮現他說「落地為兄弟，何必骨肉親」的詩句；當心中不免與人計較時，念及他說：「先師有遺訓，憂道不憂貧」，一切也就能平心靜氣而坦然了。

而現在，五月的晨光每天刷洗著蔚藍的天與書桌前的小窗，給我一季燦爛懷想；柔和的風帶著初夏的爽朗吹進我的心中，樹林裡的鳥雀歡欣，整日歌唱，忽遠忽近的歌聲更添增了夏日的遼闊，多麼悠閒而安適的季節，讀書沉思或是走進清涼的山林享受綠蔭無限；沉醉於琴音裡的弦歌或追逐一抹海浪的蹤跡，五月是多麼迷人的一首詩：

孟夏草木長，遶屋樹扶疏，眾鳥欣有託，吾亦愛吾廬。
既耕亦已種，時還讀我書，窮巷隔深轍，頗迴故人車。
歡然酌春酒，摘我園中蔬，微雨從東來，好風與之俱。
汎覽周王傳，流觀山海圖。俯仰終宇宙，不樂復何如？

這篇陶淵明的〈讀山海經〉，初讀之時，也正是這樣的夏天，二十歲的心還不能體會「眾鳥欣有託」的心情，還無法懂得「俯仰終宇宙」是如何的境界，但是多少也能感到詩人的喜悅。

平常，我們因為努力付出並得到了相應的回報而喜悅，也因為無心獲得了意外的禮物而喜悅，也會在人情的溫暖、難得的美食、暫時的清閒與支持球隊比賽獲勝時產生喜悅。但是陶淵明在這首詩裡，似乎並不是因為這些原因而開懷。夏天到了，草木崢嶸，詩人與小鳥都在這平和而充滿生機的世界裡各得其所，耕田讀書都是雅事，微雨涼風也適足為生命帶來滋潤，詩人走在初夏裡，感到一切都那麼地圓滿，人生既不缺少什麼，也不多餘什麼，恰到好處的瞬間，會心的微笑便自然而生。

紛擾而勞苦的人生啊，每天東奔西走面對無限壓力，最終所求可能只是這樣的一個時刻吧！陶淵明寫出了我們心底的嚮往，彷彿也在告訴我們，這個境界並不困難，只要和我一起漫步在林間，在薄暮時分讀讀閑書，喝一杯自釀的淡酒，這種完滿的喜悅便會充盈心中。於是我們走進了這首詩中，都成為了他的好朋友，和他並肩享受了這悠悠的寧靜。

這句詩該怎麼畫

木末芙蓉花，
山中發紅萼。
澗戶寂無人，
紛紛開且落。

我很羨慕會畫畫的朋友，拿支色鉛筆在紙上隨手塗抹，不一會兒，一隻活靈活現的小鳥、幾朵姿態搖曳的小花、在風裡飄揚的衣裙……就那樣栩栩如生地浮現眼前，帶給我們無限的想像與深深感動。一幅動人的畫好似一個偉大的嚮導，帶領我們的眼睛去重新遊覽這個世界，發現並領略原來萬事萬物中都有那麼多的「美」存在於其中。

詩跟畫往往無法分開，美麗的畫總是帶給我們「詩意」，很多好詩，也常是畫家入畫的題材。唐朝詩人韋應物的名作〈滁州西澗〉：

獨憐幽草澗邊生，上有黃鸝深樹鳴。
春潮帶雨晚來急，野渡無人舟自橫。

大家想一想，是不是很有畫面感呢？河邊碧綠的小草、深綠枝葉間若隱若現的黃鸝鳥；黃昏的小河流水湍急，一條橫斜在渡口岸邊的小舟和一位行吟的詩人，這一切構成了寧靜而略帶寂寞的畫面。

據說宋徽宗曾以「野渡無人舟自橫」為考題來徵選畫家，親愛的朋友，請你先想一想，該怎麼畫這句詩呢？一般的畫工可能就畫了一條蕩漾波中的無人小船；高明一些畫家為了強調詩句中「無人」之境，就在船尾上畫了一隻獨自佇立的白鷺鷥，原來畫家的設想是：如果有人在船上，鷺鷥也就不敢站在那裡了，這是比較高明的「暗示」法。而一位最了不起的藝術家，則是在船頭畫了一雙小鳥，在船尾畫了一位熟睡的船夫，原來「無人」是指「沒有要渡河的人」，船夫等了一整天，終於疲倦地睡著了——這也點出了他的寂寞之感啊！傳說這位皇帝還以詩句出了許多

「畫題」，如「萬綠叢中一點紅」、「深山藏古寺」、「踏花歸去馬蹄香」等，要能用靜態的「畫」來表現動態的「藏」，用視覺的「畫」來體現嗅覺的「香」，那可真是不容易呢！

「畫」和「詩」一樣，都是透過觸動我們內心的事物來表現真正的情感。因此畫家和詩人在磨練藝術的技巧外，還要讓自己的心充滿對世界的好奇與感受，讓自己具備發現「美」的能力。因此在藝術的世界裡，能在平凡的事物裡看見不朽，能在醜陋的外表下發現純真，能在簡單的日常中澈悟至善，那才是真正的審美。

王維詠歌「辛夷花」的詩：「木末芙蓉花，山中發紅萼。澗戶寂無人，紛紛開且落。」詩人並沒有多說什麼，就像山中的辛夷花也不對任何人解釋它盛開與謝落的原因，然我們都明白那就是「自然」的道理。我曾經想試著畫下這首詩所描寫的情景，但我不知是該畫幽靜山林中，繁花在豔陽下的初開，還是暮春黃昏時滿地的落瓣？

火車與熱氣球

人生到處知何似，
恰似飛鴻踏雪泥。

在列車飛快的奔馳下，臺北到高雄，也不過一個半鐘頭的時間。穿過了繁華的都市，純樸寧靜的小鎮，石塊壘壘的河床，當大片的稻田展現眼前，心情也為之開闊而舒朗。在清涼的座位上，一邊瀏覽窗外倏忽變幻的景緻，一邊啜飲甘醇的咖啡，搭車原來也可以是一種享受。

臺灣的交通建設近年進步不少，早期因地型特殊，臺灣交通自古一直是一個大問題，東西向因中央山脈的阻隔，來往不易；南北向則因西部河川眾多，水流湍急，在缺乏橋梁建設的年代，南北交通反而要依靠海運，有時還須先從南部坐船到廈門，再轉乘回到北臺灣，所耗時間金錢與穿越黑水溝的旅行風險，應是我們今日所無法想像的。

兒時鐵公路的建設雖已完備，但仍不是很便捷，記得唯一一次全家旅行，是某年夏天從臺北到日月潭，當時天透亮就趕忙起床，一路上從公車換火車，再換幾次客運，顛顛簸簸到達時已近黃昏了。大學時在臺中念書，當年的高速公路好像一年到頭總是在修路，塞車是正常的狀況，有時一趟車程要四到五個鐘頭，如果座位又恰在廁所旁邊，惡劣的氣味與開開停停的狀態，總讓我一下車就好像如獲大赦。如今這些苦旅已成過去，倏忽來去的快意真堪比「輕舟已過萬重山」的暢然。

古人的行旅也是艱難的，蘇軾的名詩〈和子由澠池懷舊〉寫的就是對當年路況的回憶：「往日崎嶇還記否？路長人困蹇驢嘶」，我們可以藉此體會，漫漫長途，人病驢疲，兩個無助的年輕人暫時落腳廟裡，幸得老和尚招待的複雜心情；也許蘇軾正是以那些旅途中的困厄，來凸顯兄弟間的患難之情。而《西遊記》這本奇書，寫唐僧帶著三個徒弟西天取經，一路上遇到的獅怪牛魔與蜘蛛精，一次次差點丟了性命，這些情節可能也隱喻著生命就是一場充滿挑戰的壯麗冒險——「道」，既是一條長路，也是一個值得追尋的理想，「任重而道遠」是先哲為人生下的注腳，我們也許就是永遠在奔往理想的道路上吧。

中學時有一課文我一直不能忘懷，就是彭端淑寫的〈為學一首示子姪〉，文章裡提到蜀地有一窮一富兩和尚都想去南海拜佛，富和尚說：「吾數年來欲買舟而下，猶未能也。子何恃而往？」沒想到窮和尚只帶著「一瓶一缽」，幾年就完成了心願，回來時，富和尚也不免羞愧了。中學時總以為富和尚「有慚色」是因自己輕視窮和尚，而沒想到人家以非凡毅力完成宿願，自己卻一無所成。然近來才漸漸體會到，原來和尚本有「行腳」的傳統，就是游食四方，到處尋師求法，期望在艱苦的過程中閱歷人世，進而體會生命大道。那富和尚因為財產的聚積，使他在安逸的生活中忘了出家的初衷，畏於路長途險，這樣又如何「得道」呢？因此真正有求道之心，不必買舟，無需備糧，一瓶一缽與虔敬的心就足夠了。

如果沒有時間的壓力，最好的行動方式是走路，不然騎腳踏車也不錯，可以如徐志摩隨時「看天聽鳥讀書」。高鐵雖然快捷舒適，但我從小的夢想就是能搭乘熱氣球旅行。也許是受到瑞典童話《騎鵝旅行記》的影響，總覺得在那樣的高度慢慢飛行、俯看人世最有詩意。兒童故事《綠野仙蹤》，堪薩斯女孩桃樂絲帶著小狗、稻草人、鐵樵夫和獅子找到的歐茲大王，原來也只是一個乘著熱氣球飄來這神奇國度的馬戲團演員。或許，熱氣球這種飛行器，是專門載著尚有童心的人，飛往其他交通工具都無法到達的王國，就像童年的夢。

一對角章

庭中有奇樹，
綠葉發華滋。
攀條折其榮，
將以遺所思。
馨香盈懷袖，
路遠莫致之。
此物何足貴，
但感別經時。

朋友明天就要回美國去了，幾十年來才回國一趟，下一次再歸鄉又不知是何年月。上午匆匆來電，問我能不能找人幫他刻一對牛角章，章面要刻他兩個孩子的姓名，側邊落款：「癸巳夏返臺爸媽贈」。

撥了幾通電話，幾個篆刻社聽說是牛角章，要手刻及落款，時間又急，紛紛表示無法承接。最後找到我的學生蔡同學，他在電話裡沉吟了一下，說可以幫忙，約了中午的時間在研究室，我匆忙趕去，他已在門口等我了。

蔡同學雖然才念大四，但人很沉穩老練，戴著圓圓的眼鏡，肩上斜掛一個布書包，倘若將一身運動衫換成長袍，還真有一點五四文人的風味。他和一般大學生頗為不同，不打電玩也不追偶象，聽說從小就喜歡字畫，書法篆刻造詣匪淺，去年還得過全國美展的書法獎項，寫的是杜甫的〈詠懷古跡〉，找他操持這事我是相當放心。清理了桌案讓他方便工作，只見他不慌不忙從布包裡摸出了印床、刻刀、印泥、瓷碟和一管精細的狼毫。

掂了掂朋友的牛角印材，他說這不是很好的章材，不僅難刻，以後也不好保存，問我要不要換刻石材，說著拿出幾方素雅的印石給我觀賞。我說我這朋友，是因為當年他在國外，父母千里迢迢去看他時，就帶了一對角章去送他，章面上的幾個漢字，深深印在他的心裡；現在，他也要從古老的東方，為他的孩子帶一對角章回去……。蔡同學聽罷，默默頷首，很快地開始工作。

印面極小，只見他落墨奏刀，毫無猶豫之色。他說這牛角不同於玉石，用甲骨文字才顯古拙大方。我想可不是嗎，殷商甲骨，正是刻在龜甲獸骨上的。只是牛角質地堅韌，他幾次下刀都不能如意，時光緩緩，夏日的晴朗延漫室中，原來刻一個字，雕一方印，其實並不容易。我想這對角章，明天將渡過大海，送到那美國出生長大的孩子手中，他們或許不認得這古奧的圖案，但他們應該知道這三千年前的文字，所寫正是他們的中國姓名，是他們和遙遠華夏文明的一種血緣聯繫，而這也可能是他的父母要帶一對角章回去的用意吧！

漢代的詩歌：

庭中有奇樹，綠葉發華滋。
攀條折其榮，將以遺所思。
馨香盈懷袖，路遠莫致之。
此物何足貴，但感別經時。

這說的是對於遠方之人的懷念，他摘下了庭樹上初開的花朵想送給所思之人，這花朵沒什麼了不起，但其中感情的殷切，懷念的長遠，是永恆不滅的光輝。我望向初步刻成的印章，這也是「不足貴」的小東西啊！但這方小印所承載的文化之思，所蘊涵的親子深情，何嘗不是可歌可吟的呢？

蔡同學一再審度，一再修潤，最後在印章上落下邊款，用的大約是碑體。夕陽餘暉中，那些字，在黑底的牛角上竟閃爍著金色的光芒，用手輕輕撫過，一橫一捺，一點一豎，每個漢字歷經了無數的春秋，豐收與荒蕪、戰火與盛世，時光將一個個的文字打磨成了文化的結晶，一刀一契都是藝術的絕響。

鈐印完成，同學長吁一氣，笑說和董作賓刻的也不算差太遠吧！我們一起笑了起來。我說真是辛苦你了，不知他們美國人看不看得懂……。他說，無論如何，這是父母輩的一番苦心啊！我們閒話幾句，他便背著書包告辭了。暮色蒼茫中，我獨自欣賞著初成的印章，覺得其上透著溫潤的情感，好像一對黑色的眼睛，帶著千年的傳統與期許，正望向不知盡頭何在的遼闊世界。

柳花、牛與牧童的夢

晴明風日雨乾時，草滿花堤水滿溪。
童子柳陰眠正著，一牛吃過柳陰西。

「距離」會影響我們對事情的看法。

坐在車裡望向窗外，公路遠方是蔚藍的海，映著晴天白雲，海是那樣的遼闊寧靜，美得像一幅鑲在框中的風景畫，我是一個悠然看畫的人。等到下了車，走上好長一段礫石小路，穿過矮小的灌木叢真正到了海邊，海是那樣洶湧渾濁，潮浪將許多奇怪的廢棄物沖上沙灘，海還是很美，但那是力量與神祕之美，我此刻成了一個渺小的生物，心中充滿對海的敬畏。

「距離」修飾掉事物本來的特質，使人產生誤解。如久居城裡的人，總以為在鄉下種田最快樂，殊不知烈日下揮鋤鬆地或彎腰拔草，其實非常辛苦；有些朋友看我整天坐在電腦前寫作，總說我的工作最輕鬆，但他們不明白有時我苦無靈感時心中的焦慮，經常難以成眠。因為「距離」，使我們永遠羨慕對岸的風景，忘了其實對岸的人也正對我們這充滿嚮往。

我兒時總是希望趕快長大，當一個「大人」多好啊，不必念書考試，要做什麼都沒人管，還可以賺錢自己花，多開心啊！但我現在當一個「大人」多年，卻常羨慕我的女兒，她每天只要吃吃睡睡，上學寫功課，什麼事都有我們幫她安排好好，「少年不識愁滋味」，小學生真是無憂無慮！這些，或許都是因為「距離」造成的誤解，活在其中，苦與樂不是外人所能了解的。古代的詩裡常寫到對孩童快樂的嚮往，孩子固然也有生活裡的煩惱，但他們的天真彷彿總是讓詩人暫時忘卻現實的憂愁。南宋楊萬里的詩：「梅子留酸軟齒牙，芭蕉分綠與窗紗。日長睡起無情思，閒看兒童捉柳花。」一群孩童追撲風裡紛飛的柳絮，我們可以想像他們在豔陽下追逐奔跑，縱情歡笑的快樂，這一剎那，讓早已不是孩子的詩人深深羨慕了起來——只有孩子能在簡單的事裡得到快樂，大人的世界，要真正忘我開懷，實在不容易。

帶著一種距離看待世界，並不是逃避「真實」，而是對某種理想的期待，許多的好詩都是如此。楊萬里還有一首詩說：「晴明風日雨乾時，草滿花堤水滿溪。童子柳陰眠正著，一牛吃過柳陰西。」詩中的春天這麼美，牧牛的孩子睡得這麼香，牛走遠了他都不知道——我們不需去擔心萬一丟了牛怎麼辦，在此刻，我們應和詩人一起在「距離」外，欣賞這世界的平和美好，與牧童同作不為現實煩惱的夢。

無足珍貴的收藏

自牧歸荑，
洵美且異。
匪女之為美，
美人之貽。

我很喜歡《光陰的故事》這首歌，有段歌詞：「發黃的相片、古老的信以及褪色的聖誕卡，年輕時為你寫的歌，恐怕你早已忘了吧？」其實我在抽屜裡，也藏著這些東西。照片裡當年與我一起合影的人可能多年不見，名字都想不起來了；當兵時爸媽寫來的「家書」，國中時寫的拙稚的新詩，都好好地藏在發黃的牛皮紙袋裡。這些東西一年也不會拿出來看一次，全部扔了對生活毫無損傷，但我還是將它們藏著，就像心裡的祕密，忽然想起，彷彿夏日的微風搖動窗邊風鈴，帶起一串清脆的回憶。

人是感情的動物，很多東西的價值不能用數字來衡量。多年前看過一部歐洲電影《芭比的盛宴》，敘述法國大廚師芭比因革命戰亂而隻身逃到北歐的小漁村，多年後為了報答收留她的教會姊妹，就用了所有財產作了一道盛宴款待全村村民，在夜幕低垂，燈火將盡時，透過美食使大家理解「感恩」與「憐惜」的真意。盛宴結束，教會姊妹對散盡家產招待眾人的芭比說：「這樣妳就一無所有了」，芭比卻回答：「藝術家是不會貧窮的」，說的多好啊！藝術家或許沒有現實的財富，但她眼中的海岸沙灘、心中的滿足喜悅，勝過世間一切以金錢堆砌出的輝煌。平凡無奇的世界，因為謙卑、感恩與「懂得」的智慧，一草一木都有永恆的崇高價值。

記得《詩經》中有一首情歌〈靜女〉，描述一位青年與文靜美麗的牧羊女孩約會於城牆下，牧羊女從原野上折了一株荑草送給他，他便高興地詠歎：「自牧歸荑，洵美且異。」（她從牧場上折了荑草送我，真是美麗而奇異的小草啊！）他對著小草輕輕歌唱：「匪（不是，並非）女（汝，你的意思，指荑草）之為美，美人之貽（贈送）。」（小草啊！小草，不是你本身有多美，你是我心中的美人所送的，因此比世間任何東西都珍貴）

當我們懂得分辨事物的價值，也意味著對人與人之間感情的體會與了解。親愛的朋友，你也曾收到喜愛的禮物嗎？是禮物本身讓你歡喜呢？還是因為那禮物代表了愛與關懷？秋風時節母親叮嚀出門多加一件外衣，學校中老師提醒大家下課不要顧著玩而忘了洗手喝水，放學時同學相約明天再見，看似平凡，但何嘗不是最珍貴的感情呢？

在我們的生命裡，有很多「無價之寶」，就像我那無足炫耀的收藏、芭比的盛宴、牧羊女的小草、母親與老師的叮嚀……，當我們懂得珍惜這些事物，我們的心也就永遠豐富而恬美了。

不學詩，無以言

清晨入古寺，
初日照高林。
曲逕通幽處，
禪房花木深。
山光悅鳥性，
潭影空人心。
萬籟此俱寂，
但餘鐘磬音。

「不學詩，無以言」（論語．季氏），是孔子訓勉子弟的話。

童年的暑假，每天要抄一首唐詩，背誦覆記，還要寫下心得感想，《唐詩三百首》後面的五七言絕句很快就「用光」了，不得已，只好也讀讀篇幅較長的古體與律詩，雖然當時頗以為苦，但慢慢也就進入想像與美的世界。燠熱的炎夏讀到：「散髮乘夕涼，開軒臥閒敞。荷風送香氣，竹露滴清響。」（孟浩然〈夏日南亭懷辛大〉）似乎感到一點清涼；清晨登山在小廟前休息，倘佯在日光鳥語中，也就忽然理解了「清晨入古寺，初日照高林。曲徑通幽處，禪房花木深。山光悅鳥性，潭影空人心。萬籟此俱寂，但餘鐘磬音。」（常建〈題破山寺後禪院〉）的句子。詩帶著幽情與想像潛入心中，也激發了內心對世界的感應與體會，那時還沒有想到讀詩對語文程度或寫作能力的增益，只是感受到豐富繁麗的世界，原來深藏了那麼多值得玩味與深思的情懷，不知不覺，便對世界有了超越物質的嚮往與感動。

中學以後的教育，文科重於背誦套裝知識；理科重於計算解題，而考試成績代表一切，不免使人壓力沉重。這時再拿起詩來，隨意讀到，「遊人五陵去，寶劍值千金，分手脫相贈，平生一片心。」（孟浩然〈送朱大人入秦〉）不禁羨慕他的灑脫；讀到「千里鶯啼綠映紅，水村山郭酒旗風。南朝四百八十寺，多少樓臺煙雨中」（杜牧〈江南春〉），也覺得那一片煙雨中的自然世界，遠比枯坐教室寫測驗卷更讓人嚮往。詩成了煩惱的治療，成了心情的寄託。雖然學校是不教詩的，但是看完了《三國演義》，再讀一讀楊慎的〈臨江仙〉：「滾滾長江東逝水，浪花淘盡英雄。是非成敗轉頭空。青山依舊在，幾度夕陽紅。」心中充滿的是歷史課本所無法帶來的深深感慨。

這幾年臺灣的教育又有了不同的導向，主事者習效歐美，認為在資訊發達的當代，獲取資訊或記憶資訊並非教育之首要，因此在聽說讀寫算之外，青少年的基本能力應是「4C」，也就是：批判性思考（critical thinking）、溝通交流（communication）、團隊合作（collaboration）與創造力（creativity）。這四種能力乃是未來追求產業創新、面對國際競爭所不可或缺者，因此我們的教育也要因應世界潮流，教材教法都要朝著這些層面思考與設計。

不過，這「4C」只是個人面對外界的態度與方法，而真正的教育，應有內向性的追求，也就是說，在內心的沉潛中，能夠感受自我與外在的深契關係，重省存在的意義與價值，從而創造自己的人生觀。人之存活於世，固然有與世俗交接的一面，但是我們要能產生「批判性思考」或能夠與團體中其他分子「溝通交流」等活動，首先應具備的應是一個豐富的心靈與健全的人生觀，而這一切，我認為是從藝術、從文學、從詩而來。

「不學詩，無以言」，在孔子的時代或許是存在著交接諸侯、應對君王的政治功能。但在現代，應該就是讓人回到自我，找回情感與意境，成為真正完整的人。因為唯有這樣的人，其言說才有意義，也才真正具有創造價值的可能。想起那年暑假抄在簿子上的詩：「羌笛何須怨楊柳，春風不度玉門關」，是啊，苦於邊塞的戍卒抱怨的對象應是無情的春風，而不是不能自主的楊柳——原來詩一直提示我們：不要惑於眼前現象，應該直探問題核心。

輯二

遙遠的歌

野蘭花

我從山中來，帶著蘭花草，
種在小園中，希望花開早。

朋友送了我兩株蘭花，說是「蘭花」並不準確，因為這兩株植物目前只有幾片偌大的綠葉，沒有一朵花或是一個苞。我對朋友說：「我沒種過蘭花，怕養不活它！」朋友勸我別擔心，他說蘭花很好種，隨便擺哪兒，一星期澆一些水就可以了。我問他這會開出如何的花朵，他說這是誰也說不準的事，要等花真正開了出來才知道。就這樣，我小心翼翼地捧回了這兩株蘭花，一株放在學校的研究室裡，我為它備了一個漂亮的瓷盆，一張典雅的茶几；另一株，我決定與同事分享，就擺在樓梯轉角的窗邊。

兒時曾經流行過一首歌〈蘭花草〉

我從山中來，帶著蘭花草。
種在小園中，希望花開早。
一日看三回，看得花時過；
蘭花卻依然，苞也無一個。
轉眼秋天到，移蘭入暖房；
朝朝頻顧惜，夜夜不相忘。
期待春花開，能將宿願償，
滿庭花簇簇，添得許多香。

這首歌曾風靡寶島，街頭巷尾人人能哼上兩句，不僅因為當時由大歌星銀霞小姐主唱，這歌詞可是大學者胡適先生所作的，改編自他早期的白話詩〈希望〉的第一小節。

以前我不太喜歡這首歌，不能體會「希望花開早」的心情。我想胡適先生的作品很可能受到《楚辭》的影響，屈原曾說：

余既滋蘭之九畹兮，又樹蕙之百畝。
畦留夷與揭車兮，雜杜衡與芳芷。
冀枝葉之峻茂兮，原俟時乎吾將刈。
雖萎絕其亦何傷兮，哀眾芳之蕪穢。

大意是說他栽植了蘭蕙等許多芳草，期待有一日採收這些芬芳的植物，但卻悲哀現實中所有的芳草都為雜草所掩，這象徵了屈原對於楚國政治昏亂與人才凋零的感嘆。而胡適先生則在他的新詩裡加入了「希望」的意象，雖然眼前並沒有花朵，但他期待「滿庭花簇簇」的那一天——胡適先生一生致力於中華文化的復興與國家人才的養成，他這首小詩不僅是對蘭花，同時也是對民族文化的再造輝煌，有一份殷切的期許吧。

放在研究室的蘭花，經我每日悉心澆水維護，偶爾隔著玻璃給它曬曬太陽，但它不僅沒有結出花苞，反而日漸枯萎，幾個月後，冬去春來，大片的綠葉逐一黃落，最後終於完全凋零。正在感嘆自己的愚拙，忽然想到另一棵為我疏於照顧的蘭花，不知現在下場如何？跑去走廊轉角一看，這棵沒人澆水施肥的「野蘭」，日日在窗口邊忍受寒風冷雨，但它不僅活得好好的，而且欣欣向榮，已冒出長長的紫莖，上面綴了數枚小花苞，正是古詩裡所說：

蘭若生春夏。芊蔚何青青。
幽獨空林色。朱蕤冒紫莖。

驚喜之餘，正想將此花搬回研究室加意照料，但我忽然明白了，正是因為它在這裡生長，有自然的風雨陽光，所以才有了強韌康莊的生命，密不通風的溫室和我過度的關心，原來才是扼殺蘭花生長的環境。

這幾天，那株「野蘭」依次開花，淡粉的花瓣，豔紅的花心，一串如蝴蝶的花朵盈盈搖曳於風中，真是美極了——原來蘭花並不如我原先預想的那麼嬌弱。有時，我好像也對孩子過度保護，過度關心，既怕現實風雨的挫傷，又時常灌輸太多不能吸收、反而成為負擔的養分。其實，對於下一代，也許我們應該放手讓他們野一點，讓環境給予他們磨練與成長。每一個生命都有其天賦，時間到了，自然能開出使人驚異的花朵，屆時「滿庭花簇簇，添得許多香」，那樣豐富與自在，可能才是最值得期待的生命吧！

樹的故事

苦苓子落地十遍
我已一樹華蔭。

以前有一位說是會看命相的學生，拿了我的生辰八字等研究了很久告訴我，我的命格在五行中屬「木」，為人外形較為瘦削，內心喜靜不與人爭，優點是勤勞有責任感，缺點是個性固執，思慮太過而使簡單的事徒生滋擾，主要從事編輯、教育或簿記等室內與紙張為伍的工作。命理之事我並不很盡信，總覺得這些話拿來形容另一個人好像也未嘗不可。但是，如果要我從金、木、水、火、土這中國五大元素中選一個來代表自己，我最喜歡的就是「木」。

樹木是有生命的，同時，我從小到大，所見每一棵樹都美麗而瀟灑；而當樹被砍伐而成了木材，大則可當梁柱，小者可成器物，碎末還可造紙，焚燒可以帶來光明與溫暖，有些果實可以充飢，有些葉子可以養蠶或當作藥材。總之，樹在我心中，是無與倫比的偉大，既然命運說我的生命中有那麼一棵樹，我便欣然接受。

小時候學校操場邊上是有棵大松樹，每當快要下課，就有幾個同學開始耳語：「要玩紅綠燈的到大松樹下集合喔……」鐘聲一響，我們一群小鬼便衝向那棵老樹，他像慈祥的爺爺，喜歡孩子圍繞著他。國中時為了升學格外煩惱，校園是座落市中心的水泥叢林，沒有草地，也沒有樹林，只有無盡的吵鬧、悶熱，隨時透著不安與緊張的氣息。學校的一切使我生厭，唯獨圍牆外的人行道上種著一列菩提樹，粗大拙重，心形的葉子尖端彎成一個勾子，那是我覺得唯一美好的事物。這在宗教上象徵智慧、慈悲與覺悟的樹啊！在我無所適從的三年裡也給了我不少安慰，舒伯特改編了詩人穆勒的作品為〈菩提樹〉，我們在音樂教室裡也是這麼唱著：「歡樂和痛苦的時候，常常走近這樹……」，我撿了一片完好的落葉，夾在剛剛開始練習寫作的詩冊裡，保存至今，十四歲的人生惟有菩提樹懂得。

高中因為住校，對學校也有特別的情感。我們校址偏僻，校園卻寬敞怡人；矮矮的石牆、綠茸茸的草地，環境雖不富麗，質樸卻也適於安居。我最喜歡的是教室後一條小小的坡道，兩旁是高大的楓樹，清晨時在薄霧中讀讀英文，或是偷看點文學作品，直到陽光將綠葉照得透明，世界豐富了起來。春天時，我想為這些可愛的樹寫些什麼，我寫了第一篇得獎的新詩〈三月楓林〉，那時我才高一。

多年後我在中文系的教室讀到杜甫懷念李白的詩：「魂來楓林青，魂返關塞黑」，原來一片青綠的楓林，總是能為詩人找到靈感。那時一個常常翹課的邋遢青年，喜歡躲在圖書館最高樓假裝讀著線裝書，其實是遠眺著臺中盆地，想著那就是紅塵；喜歡漫遊在茂密的相思林，撿一些落地的黃華，卻不禁想到某個女孩的笑容，「當初不合種相思」，課堂上的老夫子知道這詞句有多美嗎？據說臺灣早期的木炭多是以相思樹燒成的，果真是「一寸相思一寸灰」，這是課本中沒有注解到的經驗。走在大度山的相思林裡，我幾乎感覺到文學那神祕的天啟。

苦苓子落地十遍，
我已一樹華蔭……

——敻虹，〈臺東大橋〉

十年後我重回大學校園，在美麗的教堂娶了那可愛的女孩；又過了十年，我們帶著小女兒穿過那片相思林，滿地黃華，吹來的風依然唱著當年那沙啞的歌，又吹去了遠方。我的人生之樹啊，曾經歡樂，也曾經悲傷，給了我詩的啟蒙，也給了我愛情的煩惱。現實生活中，我沒有一寸土地可以讓我種下一棵真正的樹；但我在生命裡遍植的樹，竟已經蔚然成林了。徬徨其下，寢乎其間，也許這真被我那相命的學生說對了，我此生當在一棵棵的樹中找到了自己，找到寫作的根源。

說「篩」

時代像篩子，
篩得每一個人流離失所，
篩得少數人出類拔萃。

近讀元雜劇《雁門關存孝打虎》的故事，卻說主角從軍邊關，戲裡唱道：

遙望見雁門紫塞，黃沙漠漠接天涯，看了這山遙路遠，
更和那日炙風篩，一騎馬直臨蘇武阪，半天雲遮盡李陵臺。

我一直覺得，元明雜劇裡的曲詞都相當有意思，既貼近生活口語，又常將我們

熟悉的字詞轉化使用而造成語言的新效果，產生閱讀的新趣味，例如這句以「日炙風篩」來形容旅途的艱苦，真使人感到那沙漠日頭是如何地炎熱，而一個旅人就像是被風所篩漏的沙一樣，落向了一個廣袤的遠方。「篩」這個平凡的字使詩中的意境鮮活了起來，這種用法，近於余光中先生所說，能夠增進民族語言的敏感度吧！

小時候，母親喜歡做蛋糕，廚房有各種模具和舅舅從美國寄來的蛋糕調味粉，每當母親穿起白圍裙，拿出那些大盆子與小杯子，我的工作就開始了。我要拿著一個篩子，母親從上面倒下麵粉，我便輕輕搖動手中的細篩，細小的粉末落在盆子裡，等一下要加上牛奶、油、糖來揉成麵糰，而結塊的麵粉則會留在篩子上，要用小湯匙將它們壓散，使他們也順利成為蛋糕的一部分。

童年廚房的記憶尚未褪色，我便長大來到中學，那時的學校也像一個大篩子，學校的班級分成升學班、普通班，我們班也按照成績分別座位，我終於明白「篩選」是多殘酷的一件事。在升學主義盛行的年代裡，似乎就是幾張試卷，幾道題目，國家社會就因此分別了人與人之間的價值高低，就默默決定了一個孩子的人生命運。於是聯考來了，我這無法通過制度篩選的青少年便被阻擋於學校的大門外，想像著我的同學們該會成為何等甜美的蛋糕或可口餅乾，他們是社會上「有用」的一群，而我這被淘汰的劣質品只能徬徨自問：我該何去何從？

王鼎鈞先生在他的散文〈一方陽光〉中說：「時代像篩子，篩得每一個人流離失所，篩得少數人出類拔萃。」那個升學失敗的暑假，我靜靜回味流離失所的感受，然而我慢慢明白，世間不應只有一種篩子，也不能只有一種孔距，每個人生命與理想的獨特追求，更不該用同一把篩子來衡量並決定其結果。於是我為了接近對文學的夢想，在一所私立高中掙扎了三年，終於在另一次的篩選中得償宿願。

隨著時光，我現在也成了一面篩子，有時要命題，有時要面試，無形中也決定了他人對理想的追求。然而當我想到許多人也許未能通過這樣的篩選，因而深深痛苦與遺憾，我的心也不免黯然。我想起了老詩人秀陶的散文詩〈篩〉：

她把粗細不一的我們鏟了一些放在她的篩子上之後，便熟練而輕巧地搖動起。隨著她的節奏我們都不由自主地滾動，彷彿一大群人繞著一個圓形運動場賽跑一樣。細小的粒子穿過篩孔，下雪樣落在下面。大雪停止後，我們這些留下的粒子也都停止了奔走，氣喘喘地大家都納悶地互望，沒有人知道我們是被選取了還是將被拋棄。

其實人生只有一次，當A選取了我，意謂著我再也無法享有B的一切；因此在當下若沒有機會擁抱原先預期的理想，上天依然會安排一個同樣美好的境遇；而當我們沾沾自喜於得到了某些東西時，或許有些更可貴的事物卻反而不知不覺地失去了。人生如果有天秤，一生得失的總合，無論賢愚應該都是持平的。所以換個角度來理解，只要安於每一個當下，充分把握眼前既有的一切，並在其中找到自我的價值與意義，世上縱使還是有許多篩子橫亙眼前，但我們的心中已不會再為是否能穿過篩孔而憂慮了吧。

遙遠的歌

小巷
又彎又長
沒有門　沒有窗
我拿把舊鑰匙
敲著厚厚的牆

德國哲學家尼采喜歡挖苦詩人，有一回說母雞下蛋的啼叫和詩人的歌聲一樣，都是「痛苦使然」。初讀此語，不禁使我想起小時候家裡養了幾隻下蛋雞，每到中午時分牠就會咯咯叫，不一會兒母親就可以拾到白殼雞蛋了。母雞下蛋是否痛苦我不知道，不過文學，尤其是詩，往往都是「苦悶的象徵」，如果詩聖杜甫人生充滿了歡樂與成功，還會不會寫出那麼多好詩呢？

不僅寫詩是因為苦悶，其實讀詩也往往如此。還記得我讀國中的時候，臺北只有八所高中，升學壓力是很大的。在學校每天只有讀書與考試，美術、音樂、童軍、工藝等課程幾乎沒有上過，全部用來考英數理化，每天放學後還要留在學校繼續考試，連假日都要到校寫那永無止境的測驗卷。在同學都埋首苦讀的日子裡，偏偏我對課本裡的東西興趣不高，成績不好成為同學嘲笑與排擠的對象，老師也對我這個會拉低全班升學率的人很頭痛，我們班的座位是依成績排的，每次月考完就換一次座位，而我永遠都坐在靠近教室後門的最後一個位子，好像隨時希望我離開。

然而坐在那裡，雖離講臺很遠，卻離外面的世界很近。藍天悠悠的白雲，走廊上偶有微風輕搖盆栽裡的草葉，下雨時從簷上滴下的清露，黃昏時遠方的市聲，我每天欣賞這些變幻無方的大千世界，許多景象在我心中至今仍歷歷如昔。我常希望有個魔術師能將我永遠帶離這個沉悶的升學列車，帶我去一個沒有惡性競爭，沒有虛情詭詐，人和人之間能彼此理解、真心相待的世界。我還記得那時黑板的一角每天會寫著距離聯考剩下幾天的數字，但對我而言，那是終於可以從這個升學環境解脫的好日子，可是日子怎麼過得那麼慢呢？

我那時自己讀了不少文學作品，只有在文學的世界裡可以讓我稍稍得到一些安慰，國中畢業前我就看完了《三國演義》、《水滸傳》、《隋唐演義》、《飄》這些厚厚的小說，也看了不少黃春明、白先勇、小野、毛姆、褚威格等名家的作品；也讀過一些詩人的詩作，這些作品使我對人生有了一些異於同儕的體認，但卻也讓我更加茫然與煩惱，例如俄國的屠格涅夫在一篇〈初戀〉的作品中說：「一個人的意志能帶給他真正的自由」，我嚮往自由，卻不懂「意志」是什麼意思。

有一回偶然讀到了一首小詩：

小巷
又彎又長
沒有門　沒有窗
我拿把舊鑰匙
敲著厚厚的牆

——顧城，〈小巷〉

坐在教室一隅，我卻感覺好像走在詩中，看不到前方也找不到出路，我對文學的熱情真像是那沒有用的鑰匙，只能用它輕輕撞擊世界，造成一些寂寞的聲響罷了。但我在詩中發現了，原來這個世界上有另一個陌生人，同樣擁有我的無奈與愁煩，而他竟可以用文字寫出來，安慰了遙遠時空外那個坐在教室後門看雲的我，我因此震撼了好幾天。

於是我開始試著寫詩，我想把我的痛苦化為文字，說也奇怪，在紙上胡亂塗寫一些句子後心情好像輕鬆了很多，後來我的作品開始在《北市青年》這學生刊物上登出來，同學仍然笑我說不知我的詩中到底在寫什麼，然我知道也許有某個陌生人會懂的，那就足夠了。人生有很多無奈、悲哀，或也因此有了文學與詩，在我青澀的少年歲月裡，詩使我懂得憐憫與哀愁，而也終使我成為一個不再寂寞的人了。

書馨

夏天的漂鳥，
到我窗前來唱歌，
又飛去了。
秋天的黃葉，
沒歌唱，
只嘆息一聲，
飄落在那裡。

夏日午後豔陽逼人，匆忙趕赴論文口試會場，滿頭大汗及時衝進口試席，像剛從塑膠袋倒進魚缸裡的金魚，一時間有點不能適應周遭的環境。聲音、光影、氣味，好像萬花筒一樣旋轉變化，幾分鐘後回過神來，才慢慢看清了這房間。我們三位老師坐在一張長桌之後，發表論文的研究生在我們正前方，整個室內十分寬敞，上方是樸實的日光燈，四周全是書架，幾張桌上與一些矮櫃也堆滿了書，與其說這是一間「口試室」，不如說是一間「圖書室」更加切適。

在這樣的空間中，我感到安適與自在。那些有點年歲的舊書靜靜地在書架上，好像一張一張飽經風霜的臉，那些臉來自於風雨的時代，帶著過往歷史的陳舊和品味；《文學季刊》、《珠璣集》、《千江有水千江月》……這些書刊謹慎、認真的形象，似乎代表了他們對文學的堅持，一個蒼涼的秋天下午，一個明媚的春光早晨，我想有多少溫柔或急切的手，曾幾渴望或寧靜的心在翻動著書頁，也翻動著一個個遠去的悲哀與欣然。日光斜照，許多書封面淡淡地褪了顏色，書角也都暗暗有點破損，這些書或已有了更新的版本更好的裝幀，但在這裡，它們還是被細心保護，一個靜謐的書海世界，使我想起了童年的客廳。

我的童年正是臺灣「經濟起飛」的年歲，也就是「過去不好，現在較好，未來會更好」的年代。許多人的生活都改善了，繁忙的工商社會高樓漸起，放學後有了「鑰匙兒」這樣的新名詞；男人忙於應酬而產生了「爸爸回家吃晚飯」的口號；「一年要吃掉一條高速公路」的奢侈之風日盛，國家還推行了「梅花餐」（五菜一湯）的運動。社會上「有錢人」變多了，但我家還是如此清貧簡樸，當時許多人重新裝修房屋，在客廳設置了堂皇的酒櫃來展示高級洋酒，而我們家則是幾座大書櫃，放置著舊書與過期雜誌，沒有電腦、手機，電視只有三臺、報紙只有三張的年代，生活中的娛樂是收聽廣播和閱讀。

和我們同住的外公讀過古書，是「有學問」的人，我心中非常尊敬他；父親是工人，但每天晨起要朗讀一大段《聖經》，那宗教書中優美生動的句子與意象便潛入我依稀的夢；母親讀《皇冠》、《讀者文摘》、《今天》這些婦女家庭雜誌；大我六歲的姊姊買了許多東方或國語日報的兒童書，家中處處是閱讀的機會，生活雖然困乏，但心靈並不貧瘠。

在沒有裝潢的客廳裡，在簡單日光燈管下，全家人埋首閱讀，各自在手中的讀物裡找到依託，那是童年最快樂的時光。漸漸地，兒童讀物已不能滿足我，我那時便讀完了《三李詩詞集》、《唐詩三百首》，李後主的〈長相思〉韻律可愛，極有童詩之趣：

一重山，兩重山，
山遠天高煙水寒。相思楓葉丹。

菊花開，菊花殘，塞雁高飛人未還。

一簾風月閒。

我現在才漸漸明白，堆滿舊書的客廳對一個孩子來說是人生最可貴際遇，每一本書像朋友陪著我度過無聊的時光，也像老師教會我許多道理。直到一年的夏天，我忽然讀到了：

夏天的漂鳥，到我窗前來唱歌，又飛去了。

秋天的黃葉，沒歌唱，只嘆息一聲，飄落在那裡。

那是糜文開譯的《漂鳥集》，當時也並不懂這詩在說什麼，但有一些很深的東西撞擊了我的心，我似乎發現了一個全新世界，一個真正值得去追尋的遠方。還記得當時抬頭望向客廳的窗外，那盈溢的陽光正在綠葉間閃動，似在呼喚我迎向那一片無盡的長空。

露珠

一顆露珠就滿足了自己，
也滿足了一葉小草；
而感覺：
輪迴是何等遼闊，
而生命何等渺小！

這是偉大的女詩人艾蜜莉．狄金生的詩，以〈露珠〉為題，但我想她說的或許是生命的過程，或是對這個過程的感嘆吧！

以前在學校上自然課，講到水循環，老師說被陽光蒸發的水氣，在空中凝結成雲，然後落為白雪或雨水，經過了山谷的溪澗，匯成了巨大的河，從上游到下游，最後流入了大海，一切的水都不斷經過這個過程，而雨、露、雪或雲，都只是這個過程中的一部分。自然科學家說的是事實，而詩人說的是真理，「輪迴是何等遼闊，而生命何等渺小！」我們人類經常自大起來，而不知其實我們在這世界上，也可能如草尖上的露水一樣，只是一個美麗而短暫的過程，還有更漫長的生命旅程，在我們並不理解的遙遠處等著我們去完成與實踐。

太陽出門開始工作，
白晝出門來遊戲；
但是再見不到那顆露珠，
見不到它的形體。

無論中西，都用露珠來比喻人生，曹操的〈短歌行〉不是這麼說嗎：

對酒當歌，人生幾何？譬如朝露，去日苦多。

以前十一、二歲讀的時候，不太明白詩中的「苦」字，而現在漸漸能體會了，當我們在不知不覺中流逝了許多美好的日子，回想起來，真的會感到一種莫名的「苦」，也會油然升起一種「如果能回到那時……」的想法。

過去的時光在點點滴滴的生活裡，少數被拍成照片，永遠停格在笑得最燦爛的那個瞬間，而多數的分分秒秒，則是靜默著逝去了。老師總教我們要愛惜光陰，是啊，我現在也覺得沒有比光陰更可貴的東西了，但是，我們該如何來「愛惜」呢？在歡笑中，在奮鬥中，時間依然以不變的速度流逝，那位了不起的英雄辛棄疾發出豪語：「了卻君王天下事」，也就是為國君完成了人間所有可完成的功業，但這樣的英雄卻不免要感嘆：「可憐白髮生」，是的，青春已離他而去了，你縱使有了功業，難道不會感嘆嗎？因此那在清晨晶瑩，卻在太陽高升時便消逝的露水，就是最可愛的青春歲月，當我們再也尋覓不到它時，應該都會有點苦澀的心情吧？

到底它是被白晝拐走，
還是被過路的太陽
順手傾入了汪洋的海中
永遠無人知詳。

自然老師說那是被「蒸發」了，但詩人為何說無人知詳呢？

我想這就是詩的可愛處，詩為我們的無所不知畫上問號。從生命的立場來說，當我們把最美好的生命時光，想像成是這顆小草葉上的露珠，那麼，我們的美麗的青春，是耽於人生享樂而默默浪擲了嗎？還是每一段時光，無論是聖賢還是凡庸的人所擁有，最後都是被無窮的大化順手帶去了深沉的時間之海呢？這的確是沒有人可以回答。

清晨起床，在陽臺上的草葉發現了一顆清亮的露水，倒映著整個城市即將開始繁華的一天，我想起了多年前那年少的自己，有那麼多的理想，那麼多的追求，那時踏碎晨露上學的我，真是沒想到有一天會在一顆露水裡，帶著微微苦澀，重新回味那已然蒸發，已然歸入大海的青春之夢。

感覺，秋天

誰這時沒有房屋，
就不必建築，
誰這時孤獨，
就永遠孤獨，
就醒著，讀著，
寫著長信，
在林蔭道上來回
不安地遊蕩，
當著落葉紛飛。

地處熱帶的臺北，秋意總不是那麼明顯，過了中秋節，白天仍是那樣燠熱，要到了黃昏過後，晚風襲來，幽幽才覺一絲秋意。兒時國慶日前後，家中便置菊花數盆，澄黃、赭紫或霜白的菊花盛開滿室，清香中別具一種風情。這時一絲新涼伴著「秋菊有佳色，裛露掇其英」的詩句，心裡才知秋天來了。秋天來了，並不改變什麼，新班級的同學漸漸都認識了，校園掃除時落葉不知不覺增多了，音樂課唱到了〈西風的話〉或〈秋蟬〉，這些和那露水、菊花、涼風與早暗的天色，新學期的第六週，朦朧而不明所以的觸動……，交織為童年的秋天印象。

寫秋天的詩可能比其他季節都多，《詩經》裡「蒹葭蒼蒼，白露為霜」；唐詩中「空山新雨後，天氣晚來秋」、「懷君屬秋夜，散步詠涼天」；宋詞裡「何處合成愁？離人心上秋」，都是雋永無方的好詩。因為秋天就是一個使人充滿觸動的時刻，明朗歡愉的夏季走了，留下了豔陽下永遠的記憶，那寧靜淡泊的時刻悄然來臨，使我們在追憶中有了沉思，沉思中產生詩情。諸多寫秋天的詩中，我獨愛德國詩人里爾克的〈秋日〉：

> 主啊！是時候了。夏日曾經很盛大。
> 把你的陰影落在日規上，

讓秋風刮過田野。
讓最後的果實長得豐滿，
再給它們兩天南方的氣候，
迫使它們成熟，
把最後的甘甜釀入濃酒。

誰這時沒有房屋，就不必建築，
誰這時孤獨，就永遠孤獨，
就醒著，讀著，寫著長信，
在林蔭道上來回
不安地遊蕩，當著落葉紛飛。

詩中沒有什麼宏偉的大理想，但純寫秋日情懷種種。季節的轉換彷彿是一種神祕的力量所致，在此力量前我們顯得渺小，只能領受其來到，而無法抗拒一切的改變。然而在無助中，人類仍然存在著小小祈求和盼望——秋天來臨了，但我們還惦念著尚未熟透的葡萄，還懷想著那如盛夏記憶般濃郁甘甜的酒。但所有盼望最後終須歸為安息，春夏那些徒勞的掙扎可以放下了，人生在秋天是充滿回憶的，孤獨的詩人在落葉中感受大自然所帶來的啟示，慢慢澄淨地認識了自己最深的內心。

好的詩不必有什麼太明確的道德意識或現實主張，只要能寫出一種心裡的感覺就是不朽。我很喜歡一首五月天的歌〈瘋狂世界〉，裡面有一句歌詞說：「想了你一整夜，再也想不起你的臉。你是一種感覺，寫在夏夜晚風裡面」，臉是現實的，感覺是抽象的，夏夜晚風的感覺是我們無法訴說，卻也能深深明白的東西。而詩要表達的，也許就是一種感覺，而不是現實的臉吧！因此讀詩雖然有時並不能明確地指出這首詩或這句詩「到底在說什麼」，但是它使我們若有所思，暫時放下俗務而沉澱一下，並感覺自己內心好像有什麼被稍稍觸動了，那也就夠了。

去年我做菜時將彩椒切開，把裡面的種子隨意撒在窗前沒有種花的花盆裡，今年它已茁壯為一棵小樹，並長出一顆渾圓的黃色彩椒，我每日見它在日光與微風裡日漸成熟，竟也有些無名的喜悅。如今雖然遠方的城市仍塵囂如夏，但晚風裡傳來的涼意應是訴說著秋天已經到來，我為這棵似乎尚未長成的小樹澆水時，心中也吶喊著：「讓最後的果實長得豐滿，再給它們兩天南方的氣候，迫使它們成熟，把最後的甘甜釀入濃酒⋯⋯。」

和諧

黑夜給了我黑色的眼睛，
但我注定要用它尋找光明

十九世紀初美國政治家約翰．亞當斯曾說：「我們這一代必需從事軍事和政治，那是為了讓我們的下一代能從事科學和哲學，以及再下一代能從事音樂和舞蹈。」一坐在《國語日報》鋼琴大賽的會場裡，看著那麼多小朋友熟練而自信地演奏優美的樂曲，不知為何突然想起這句名言。

我的父親十三歲就離開故鄉，投身軍旅，在烽火連天的世界裡走過大江南北，歷經了抗日戰爭、國共內戰，飄零至寶島臺灣而有了安定的生活。他們那一代為了民族、為了自由，也為了他們其實並不明白的東西而奉獻了青春，兒時聽著大轟炸的故事，聽著被圍困於陣地中幾乎全軍盡歿的絕望，望著父親的同袍臉上的疤，心中也不免駭然。革命與戰爭不像電影演的那麼浪漫，而是由無數死生寫成的歷史，每一頁都是血與淚。因為他們的犧牲與奮鬥，我們這一代總算可以好好念書，縱使教育是那麼呆板，升學考試是那麼辛苦，但是每天早上朝會時在操場上升起的那一面旗幟，可以無畏無憂地在風中飄揚，這應該就是上一代人流血流汗所期許的一切吧！也因此我們的父母總是將讀書視為最高的理想，把成績看成一切，拚了命讓我們升學，「學生的責任就是讀書」，這一句我以前聽來相當刺耳的話，深究起來，背後似乎有著深遠的歷史滄桑之嘆。

無論是理工醫農還是文法商社，總之，我們這一代要在知識上不斷充實，以便將來投入國家社會的建設。教育過分重視升學考試的科目，中學時許多課程是被犧牲掉的。國中時我們從沒有上過社團活動與童軍課，國一以後就不上美術工藝，體育音樂和輔導活動也常借去上英數理化，班上的同學都是考試機器，以相當有效率的方式答完一張又一張的測驗卷。我們上了高中，念了大學和研究所，完成了上一代的夢，然而我們多數人不懂古典音樂或現代藝術，既不會捏陶也不會彈吉他，工作之餘多以影劇當娛樂，看球賽的時間長於自己打球的時間，平常從不讀文學書。我們為了創造社會發展與經濟成長，其實也犧牲了某些東西或機會吧！

而我們的孩子，課餘學的是音樂、是美術，也有些是圍棋、足球或律動舞蹈的，他們小小的臉龐細緻紅潤，清澈的眼裡閃爍著智慧與自豪的輝光。那些大膽而充滿想像的畫作使我驚訝，流暢而悠揚的旋律使我低迴。這些場合，我總不免想起父親那一代人的生死流離，想起我們成長中的失落與遺憾——

黑夜給了我黑色的眼睛，
但我注定要用它尋找光明……

——顧城〈一代人〉

我不知道這些由孩子們所創作出來的美麗圖畫或動人音樂，是不是就是我們所尋找的「光明」？而他們這一代要為他們下一代犧牲的是什麼？找尋的光明又是什麼呢？

音樂會場外的大廳掛著一幅題了「和諧」兩個大字的書法，我站在這厚重飽滿的筆勢前凝思良久。「和諧」一詞的本意是指音律適當安妥，相互配合以成美妙的樂曲。而這當然也不只是鋼琴演奏的技巧，而包括了個人的身心融通豁達，安穩明智；進一步來說，更是整個社會彼此尊重，協力同心的氛圍。或許我們前兩代人的努力，是希望這一代的孩子能在藝術的陶冶中身心和諧；但放眼當前社會那麼多不平和爭奪，那麼多衝突與怨憤，我們下一代的使命也許就是要完成大我的和諧，讓整個社會就像他們從黑鍵與白鍵上彈出的樂音一樣，從容，美麗。

棒球夢

哦，這片沃野處處陽光照耀閃爍
某處鼓樂歡欣，
某處心在飛揚，
某處有笑聲盈滿，
某處有孩童喧鬧，
然而，莫德威不再開懷，
強棒凱西已被三振。

小樹林前的一塊空地，正是打棒球的好地方，我輕輕拋球，將球棒拿著歪歪倒倒的孩子迎球一揮，竟然也可以打中，球往前滾了幾呎，我衝上去撿球，她尖叫著扔下球棒，衝向「一壘」……。這是我們百玩不厭的遊戲，拋、打、跑、追，直到夕陽沉下樹林，在遠處閃爍著金色的輝光。

在臺灣，棒球被稱為國球，其實棒球應是美國的國球，美國人發明且完備了棒球規則，同時他們擁有最好的職業聯盟；但更重要的是，棒球的意象及文化深入他們的生活中，可以說是他們生活的一部分。美國有許多以棒球為主題的電影，如一九八九年的《大聯盟》（*Major League*），敘述一群烏合之眾竟然團結得到冠軍的故事，電影說明了個人與團體相互提升的微妙關係，雖然老套，但我高中時與同學看了依然熱血沸騰，是相當勵志的作品。二〇〇四年另一部很有喜感的《安打先生》（*Mr. 3000*），敘述打擊王在退休後才發現自己差了三支安打才能達到三千安打的里程碑，因此決定復出湊滿這個整數，但年華老去的他無論怎麼努力最後還是以二九九九支安打收場，人生雖有遺憾，但過程中他也重新認識了棒球這項運動，反省自己往日的驕傲自大，人生所得遠勝於完成紀錄。

美國的棒球電影反映出了他們的生活習慣與價值觀：小人物大英雄、永不放棄的精神以及團隊合作，這是棒球的真理。美國許多文學也涉及了棒球，百讀不厭的《麥田捕手》（*The Catcher In the Rye*），一開始最吸引我的就是主角霍頓為同學捉刀寫一篇作文，他描述已逝的兄弟，總是用綠色的墨水在他的棒球手套上寫滿詩句，沒有接球時他便在外野讀著這些詩；而令人感傷的是霍頓對於寫滿詩句的棒球手套的描寫，不僅沒有得到同學的共鳴，反而被視為莫名其妙。文學總是孤獨而不被理解的，所謂藝術，就是透過表現一個細小的動作，但包蘊了無限的情懷與想像，它不涉現實利益，無關乎個人得失，卻又使人覺得生命如此深邃悠長，充滿情感與思想，就像一個站在外野草地上，在風中讀著手套中詩句的少年，那種孤獨與自在，可能不是一般追逐著浮華生活的人所能理解與贊成的吧。

棒球充滿詩意，少年時與同學在假日的公園相互傳球，一道一道的弧畫滿天際，綠樹藍天下，穩穩接住一顆飛球的感覺相當過癮；有時我們也拿著球棒打球，在城市中，那可是要冒著打破人家窗戶玻璃的風險。但打中來球的剎那，球棒傳來的震顫使手發麻，看著球飛出眾人所能捕捉的範圍，生命好像突然也和高飛的球一樣輕盈而自由，那種喜悅近乎解開一道數學難題，或完成一首自負的好詩。

高中時我們班還和隔壁班進行過棒球賽，勝負如何早已不記得了，但當時一起比賽的同學的簽名球，至今我還收藏著。此物何足貴？或許，它代表了十七歲的熱血；或許，它象徵了難忘了友情。然我知道它也是一個從來的夢，那在紅土邊擊出安打，在綠茵上接住飛球，這些永恆的剎那，就是成真的童年之夢。

夏天是棒球的季節，有一首有趣的美國詩〈凱西站上打擊區〉（Casey at the

Bat），敘述在球賽中，強棒凱西帶著大家的希望卻遭三振出局，詩的最後說：

哦，這片沃野處處陽光照耀閃爍
某處鼓樂歡欣，某處心在飛揚，
某處有笑聲盈滿，某處有孩童喧鬧，
然而，莫德威不再開懷，強棒凱西已被三振。

詩裡夏日棒球賽的場景十分真實，而強棒留下的無限遺憾，也像人生一樣，在當下雖然十分令人扼腕，但融入一片陽光的記憶中，隨著時間，慢慢也就成為一種淡而模糊的雋永了。

夏季之末，秋季之初

年少的歲月
簡單的事
如果你說了
一句一句
淺淺深深
雲飛雪落的話。

「倘或在夏季之末／秋季之初／寫過一兩次／隱晦的字……」這是我在少年時讀到，女詩人敻虹的詩，題目叫〈記得〉；詩中有一名句：

關切是問
而有時
關切是不問……。

每當八月接近九月時，心中不知為何便想起這些句子。少年讀過的詩深植人生，在某些時候，就像大地呼喚鮭魚返回出生之地，或天空催促候鳥啟程飛往南方，那些詩句也如風鈴一般，每當熟悉的風吹過，它便在心中撞響一串清脆的音節。

成長就是這樣，一個孩子將每日所遇到的各種經驗融入內心小小的池塘，一個慈藹的笑容、一個關心的眼神、可愛的圖畫、動人的音樂，一點一滴豐盈了心中的湖沼；而人與人間的小小算計、被誤解的難過心情、寂寞或者害怕的時刻，也都成為了這水中的一個分子。這些無論好壞，也許會被時間與其他的事物所沖淡，但它們永遠存在心中，不曾消失，而會在某些特定的時候湧上心頭。因此當我們讀著、聽著、感受與想像的這些時刻，雖然在當下並不能激起生命發生什麼決定性的變化，但暗中卻陶冶了我們的性格與心靈，給予生命另一種豐厚。

在這夏季之末，秋季之初，這個我認為一年中最美的一刻，我的心裡也充滿了感觸與懷念。

開車在高速公路上飛馳南下，藍得透白的天際讓我想起了十幾歲時的盼望。那時在教室裡念書考試，卻總愛對著窗外的藍天空想，在那片晴光下，有多少奇異的城市，住著各式各樣的人，他們的歡喜、他們的悲哀是什麼呢？他們如何詮釋生命的意義？那時只盼早一點長大，有足夠的勇氣與智慧去探索這些。待我離家求學，真正走進遙遠而陌生的世界，在茫茫人海中，我體會了人間紛繁裡的孤獨而第一次懂得寂寞。那時夏日也是這樣爛漫悠長，友誼和歡樂如潮如浪，襲向我們笑聲充滿的年華；待這一切退遠，淒清的秋天忽然降臨，在旋轉著落葉的風裡，我有了新的體會和旅程。

又或近日有時早起，走在清涼的小樹林裡，金色的陽光穿過葉隙，世界漸漸熱鬧起來，那些趕上學的身影，又喚起我學生時代剛剛開學的徬徨心情。一課又一課的知識，一堂又一堂的鐘聲，臺上的老師這麼認真，左右的同學那樣努力，我卻好像迷路的孩子，並不清楚這些課程將帶我到什麼地方。我總是遲疑、迷惘，既想跟大家一樣無畏前行，又害怕跟大家一樣而失去了自己，讀到了陶淵明「少無適俗韻」這句詩，不禁為之感動，原來世上本有一種無法「適俗」的人啊！

夏季之末，秋季之初，總是無端憶起少年往事。那首〈記得〉是這麼說的：

「年少的歲月／簡單的事／如果你說了／一句一句／淺淺深深／雲飛雪落的話」，原來年少的一切因為人生簡單，所以總是容易留下恆永的記得，故此時應如掘井之人，開鑿愈深，未來湧出的泉水便更加凜然甘美。現在，我坐在桌前，四點鐘的陽光讓浮懸於空氣中的塵埃都很清楚，想起歷歷昨日，我的心中充滿了對悠悠時光的感動與敬畏。猶記十六歲時抄了一段紀伯倫《先知》裡的話在筆記本上：「時間和愛一樣不可分割，讓季節包含著所有其他的季節，讓今天以回憶蘊涵過去，以憧憬歡迎未來。」也許，這正是對此刻心境的微妙解釋吧！

蔡倫的夢

巫峽寒江那對眼，杜陵遠客不勝悲。
此身未知歸定處，呼兒覓紙一題詩。

「紙」是世間最可愛的東西之一，黏滿電腦桌前的便利貼，書架上一本一本的書，牆上的風景畫，電視櫃上一群紙板做的小動物，元宵節提過的燈籠，裝著麵包的提袋、謝師宴上擦去眼淚的面紙……，這些總是為生活帶來方便，為生命留下記憶的事物，都是紙做的。兒時母親說我讀書不認真，學問工夫「都是紙糊的」，大約是指這不紮實的學問頂不了風雨，扛不起梁棟，用手指一戳就破，真使人汗顏。

雖說到了東漢蔡倫才發明了紙，但古文明有了文字，也必然有書寫與記載的活動，巴比倫人在泥板上刻鏤楔型文字，埃及人則排列莎草成「草紙」，古印度的佛經寫在「貝葉」，也就是棕櫚葉上，佛法東傳以後，華夏仍習稱佛經為「貝頁書」，「天文貝葉寫」、「貝葉經文手自書」，這些詩句大約隱含了文化交流的意象吧。在中國，先秦用的是竹簡與木簡，就是將竹木一條一條地拼接而成，用繩子編串，史載孔子勤讀《易經》，以致簡牘上的皮繩多次斷裂，「韋編三絕」是比喻讀書勤奮，但也反映了古人書寫與閱讀的不便。

蔡倫之前或已有紙的存在，但蔡倫以竹、布等原料，通過煮濾打散原料纖維而造出的紙，頗有劃時代的意義，方便、廉價的書寫便於文明的傳播，將竹簡上的文字謄寫在紙上則有利於學術的普及，西晉的左思寫下〈三都賦〉，時人搶讀而造成紙價上揚，史稱「洛陽紙貴」，可見除非有好文章，不然紙價是可以很低廉的。唐宋以下中國造紙愈是精工華貴，為了美觀灑上金粉的，防止蟲蛀而改變配料的，紙已從單純的書寫方便而有更多的考量。不過影響最大的當是造紙術的西傳，古歐洲用石版書寫，君王貴族或教士用鵝毛筆寫在昂貴的羊皮紙上，中國的紙藝為阿拉伯人所得，再傳入歐洲，影響了西方的文明傳播。

紙的發明縱然帶來便利，但是造紙的原料消耗與書籍的保存問題也開始困擾人類，紙張易於蟲蠹，更怕水火，白居易擔心自己的詩集失傳，便手抄多部藏諸寺廟，寺塔廟宇在古代社會應是相對安全的地方；明代藏書家范欽將自己的書閣命名為「天一閣」，就是取《易經》中「天一生水」的意思，以水制火，永保藏書的安康。只是「天一閣」防火卻不能防賊，他珍貴的藏書後來被偷盜了不少。我大學時最喜歡混在圖書館裡，除了冬暖夏涼，乾溼宜人，和靜靜立在那裡的藏書為友，每一本書都能帶來智慧與樂趣，「開卷有益」這話是不錯的。

只是近來電子數位科技大盛，據說美國中小學在推動電子書包，每天帶張薄薄的電腦上課寫作業，不僅不用再浪費紙張印課本，考試也不用發考卷，一律電腦網路作答，題目在圖文外，還有聲光對話，可與學生互動，激發靈感創意，可說是教育上的大革新。這樣的事可能是當初蔡倫夢所未夢的吧。

我雖然也用電腦寫信寫文章，不再於稿紙上「爬格子」，旅行時也帶一本電子書，但是，總覺得能在質感良好的紙上寫下隻字片語寄給師友，能隨筆在書的邊緣記下當下的想法與心情，或是在「一卷詩書樹下涼」的時刻，於喜歡的句子旁畫一條紅線，那其實才是真正的生命樂趣。電子產品雖進步，但終究不能取代手與紙張的親密摩挲，那是千年來的記憶與永恆的情感。還記得杜甫流落巫峽時物力相當艱困，某日心情大壞，立刻：「呼兒覓紙一題詩」，找一張紙雖然不易，但我想當下如果是「呼兒速速開筆電」，詩人可能再沒有揮毫作詩的心情了吧！

只因素稔讀書趣

三更有夢書當枕
千里懷人月在峰

暑假最棒的事就是讀書，童年的每個暑假，都是在書堆中度過的，能夠有漫長的時光看書，看完後將故事與人物在心裡回味一下，那實在是非常開心的事。國語日報社在民國六十六年出版的兒童故事《柳景盤》，訴說一無所有卻熱愛閱讀的美國小女孩珍妮，憑藉自己的愛與勇氣改變命運的故事。其中一段描述珍妮和朋友參加博覽會，當所有的小朋友都被旋轉馬、摩天輪這些遊戲所吸引時，唯獨珍妮對書攤留連忘返，只想在展示童書的小客廳中度過一個幽涼的夏日午後。初讀此段，我似乎能明白珍妮的心情，世界上還有什麼地方比一個放滿可愛書籍的書房更能安置我們的心呢？

閱讀不是與生俱來的事，而是在生活中逐漸養成的。從文學的發展來說，應該是先有詩歌，然後散文，小說最晚；但我發現閱讀的次序卻正好顛倒。孩子的閱讀多半是先從故事開始，故事情節緊湊、人物獨特而衝突性高，最能引人入勝，較長的篇幅也能訓練閱讀的專注與耐力，不過我小時候常先偷看最後幾頁的結局，好像知道了善惡忠奸的下場，才能安心從第一頁第一行讀起。在高潮迭起的世界裡待久了，對於那虛幻的時空人物不免厭倦，這時便能欣賞書寫日常溫涼的散文作品。然後慢慢才能接近詩，才懂那隻字片語裡隱含的深味，有時幾句話便使人沉思良久，終身不忘。小說的浪漫激情，彷若熱鬧的戲劇；散文樸素親切，最接近真實人生；而詩，則沉靜深遠，充滿智慧與悲憫，幾乎可說是宗教。

我還記得琦君女士寫過〈三更有夢書當枕：我的讀書回憶〉，裡面寫幼時日課論孟的枯索心情，寫背著家人偷偷閱讀小說的熱切盼望，寫長大後陪伴父親讀杜甫詩的歲月。隨著年齡增長，回首重讀這篇作品，我慢慢也能體會，其實讀書是一種雕刻生命的歷程，我們的心也許就是被一本本書，慢慢琢磨成現在這個樣子。每一道刻痕都是我們生命裡難以磨滅的記憶，有時我們重讀一些作品，再次看見的並不是熟悉的故事，而是曾昔的自我，因而也有了幽幽的喟嘆。

看書成了興趣，慢慢就變為一種習慣，閒下來的時候沒有一本書在手邊，總是覺得不自在，心裡惶惶無所置。因此除了家中到處丟著書籍，旅行時背包裡也要塞一本書，等車或休息時隨手翻翻，比起東張西望不知如何是好的人們，有個讀物可供神遊心中便踏實多了。有時看到要緊處偏偏車已到站，漫漫旅途似乎比不上一個人生片段的小故事悠長。

帶本書在身邊雖然風雅，有些太厚太重的書卻往往成為累贅。不過，我現在有了「電子書」，手掌的大小，卻可放入幾千冊的書籍，而且可以隨時補充新書，隨著手指的滑動，那大千世界裡的悲歡離合、興亡盛衰便盡收眼底。在往南的旅途中，世界像一本飛快翻動的書從我眼前掠過，我在車窗邊讀著電子書裡的《王爾德童話》，這是我兒時最感震撼難忘的作品，用月光與歌聲造出的玫瑰，下令不準帶心來的公主，這些美得令人心碎的故事又一次讓我重溫自己的成長。恍惚之間，憶起了中學時讀過那首頗感庸俗的〈四時讀書樂〉，裡面有句「迥然吾亦見真吾」，閱讀使我們回到真實的自我，那執著的嚮往與成長的夢從不騙人。陽光燦爛地灑進車窗，映著玻璃，我好像清晰地看見了自己最快樂的純真時刻。

一張卡片

發黃的相片，
古老的信以及褪色的聖誕卡，
年輕時為你寫的詩，
可能你早已忘了吧……

現代生活交通便利、通訊技術發達，人與人之間的溝通十分容易，像杜甫〈天邊行〉這首詩裡說：「九度附書向洛陽，十年骨肉無消息」的情況已經不太可能發生了，一通電話或一封簡訊，所有的相思都可得到慰解。因此我們在繁忙的生活中已很少從抽屜裡拿出信紙，坐在書桌前好好寫一封信了。兒時的聖誕節前，會與姊姊一同去文具店選購卡片，回家後大家將卡片排在桌上一起欣賞，聖誕卡要送給班上要好的朋友，賀年卡則寄給以前的老師或同學，付郵之時，也期待著從遠方寄來卡片。

我最喜歡收到信的那個下午，總是懷著期待，打開那風塵僕僕的信封。每一張風格各異的精緻畫卡，都代表了一顆關懷的心。聖誕節總免不了麋鹿、雪橇與燦爛的樅樹；過年時則是梅花或笑呵呵的財神爺，有些有亮粉或香味，有些甚至有輕輕的音樂，這一切，彷彿為喧囂的年節添增了一份寧靜且甜美的意義。

在信紙或卡片上寫下問候文字，心情和發簡訊或傳電子信是截然不同的。文字在書寫時有一種特別的魅力，一筆一畫間好像有一個小小的聲音在對你說話，當寫下「很久不見」時，心中便不免認真思考著，是啊，真的好久，有兩三年了呢！寫下「想起以前的日子」，便真的想到過去的點點滴滴，一起並肩走過的長長走廊，一起望著教室窗外高高的椰子樹和悠悠藍天，熱鬧的運動會和畢業典禮，一起踏出校門而終於各奔前程……。寫寫想想，於是心裡也有了一種不同尋常的感觸，待寫到「敬祝，平安」時，心中確實充滿想與對方見面一晤，暢敘往事的情懷，一張卡片，充滿了無限懷念。

近年，我也會收到學生從天涯海角寄來的賀卡，有些走可愛風格的，好像永遠長不大似的那麼幸福洋溢；有些素雅沉著，我便想起當年那稚氣未脫的同學，如今已是完全不同的大人物了。讀著這些卡片，我很感謝他們還記得我，願意在書店裡為我選一張代表他心情的卡片，並寫下問候與關懷。那裡可能有風雪，那裡可能有陽光，忽然覺得當老師實在是很幸福的一件事，每一個年節都是那麼溫馨，在一張小小的紙上，人生充滿了沉甸甸的意義。

還記得〈光陰的故事〉這首歌嗎，歌詞說：「發黃的相片，古老的信以及褪色的聖誕卡，年輕時為你寫的詩，可能你早已忘了吧……」我很喜歡這首歌，裡面描繪的景象是我熟悉且感到溫暖的，是啊，兒時藏在餅乾盒裡，原本打算「珍藏一輩子」的卡片，現在都到哪裡去了呢？也許小時候並不懂時間是什麼，並不懂情感是什麼，我們很輕易地便在心中許諾，然後不知不覺忘了它，然而，還有什麼比兒時的夢與記憶更珍貴的呢？

我翻箱倒篋找尋了一下，收藏中最早的卡片是我在龍安國小五年級時，兩位來實習的老師離開前送給大家的小卡，那已是近三十年前的事了。曾意淳老師與趙蘭珠老師，她們離開後便再也沒有音訊了，我不知道後來她們在哪裡教書，但當年短短一學期所帶給我們的新體驗，無論是教學上還是那種親近的師生感情上，都是使我至今難忘的。看著這張畫著可愛獅子的陳舊小卡片，我突然很想寄一張賀年卡給她們，感謝當年的教誨，並願那奉獻一生於教育的偉大老師，平安，喜樂。

放手時刻

而你漸騎
漸遠，
漸小，
漸易破損，
拚了命
踩上，
踩下，
尖聲
大笑，
頭髮甩動
在背後，
像一方

手帕揮舞著
再見。

在學校的操場邊教女兒騎腳踏車。我的教法古老愚拙，父女兩人膽子都小，一個一直喊著不要放手，一個一直叫著用力踩用力踩，鬧了一下午，筋疲力盡，只好暫停教學，在樹蔭下小歇。初夏的風穿過小樹林仍使人覺得燠熱，一面幫輪胎注入空氣，一面感嘆時間過得真快。

女兒從騎小三輪車的年紀成長為可以騎小腳踏車，好像還是昨天的事。那時我們興沖沖地買了這輛稍微高一些的藍色小車，前面有個籃子，把手上裝了車鈴，後面還支著兩個輔助輪。那時她的腳還踏不到地，小手還無法完全拉到手煞車，只能艱難、緩慢地踩著踏板前進，像一首兒歌那樣有著簡單的韻律，那時，我還可以用散步的速度跟在她旁邊。不知何時開始，她就可以自在地騎來騎去，像一陣風，已是我連跑步都追不上她的速度了。而今天，終於到了拆去輔助輪的時刻，她要真正地馳騁，在陽光下，在微風裡。

我幾乎忘了自己以前是怎麼學會騎腳踏車的，也許就在路邊，一步一踏地慢慢摸索出平衡的感覺，有幾次摔得鮮血淋漓，到今天還有一個疤痕在膝蓋上。現今腳踏車具有時尚、休閒的概念，但過去它確確實實是雙腳的延伸，是日常不可缺的交通工具，一輛舊車陪我度過了很多重要的童年時光。我騎著它幫媽媽去市場買雞蛋，回家時才發現放在車前籃子裡的蛋全部震碎了，從此我知道了「不要將雞蛋放在同一個籃子」是很有智慧的經驗之談；我騎著它去光華商場買舊書，半路遇上大雨，人書全溼，這也才明白「天晴要防下雨」並不虛妄。

我騎著腳踏車去學校、公園和朋友家，那是自由的象徵。當時臺灣剛剛有「捷安特」這個品牌，和我同齡的小朋友，騎著那種顏色鮮豔、車骨上還有海綿護墊、輪胎上有著粗大顆粒的「越野車」，也讓我牽著我那輛破舊的、時常脫鏈的腳踏車時，有著深深的自卑和欽羨。在競馳中也明白了縱然能力相當，但結果未必公平，如果你沒有好車，就要有更有力的腿，以及上帝保佑你不掉鏈子。

在雜亂的回憶中，將女兒的小車打好了氣，看她迫不及待地跳上車，我在後面扶著她，一聲令下，她開始用力往前踩，我在後面先是緊握她放在龍頭上的手，一面跟著她的車前進一面漸漸放鬆，只在傾斜得要倒下時幫她修正一下，然後終於是完全放開，讓她自己往前滑行，獨立感受意味深長的世界。

美國女詩人林妲・派斯坦（Linda Pastan）詩集《給要離家的女兒》寫的就是教她騎腳踏車的事。一位母親看著八歲的女兒在腳踏車上「漸騎／漸遠／漸小，漸易破損」，看著她「大笑／頭髮甩動／在背後，像一方／手帕揮舞著／再見」。我大概也明白了她的，或是我父母當年的心情。

成長是件有趣的事，其中也包含許多艱辛。原本不懂、不會的事，剎那就永遠明白，永遠銘刻在心裡，人生也因此有了一往不返的覺悟，成為一個全新的人。我想女兒或許會像我一樣，在一天一天的成長中，踩著腳踏車呼吸自由的空氣邁向遠方，也在一路上遇到好友並領悟生命的哲理，有一天也會騎摩托車或駕駛汽車，或是以未來最新穎的交通工具來開創她的人生。但是我多希望她能一直記得這個下午啊，這樣平凡的一天，初夏的風在林梢，整個世界疲倦熱鬧，忙著拍照的母親，在一旁微笑的路人，以及我那不捨又必須放開的手。

輯三

帶一首詩去旅行

童年的回憶

池塘邊的榕樹上，
知了在聲聲叫著夏天。
操場邊的鞦韆上，
只有蝴蝶停在上面。
黑板上老師的粉筆，
還在拚命嘰嘰喳喳寫個不停；
等待著下課、
等待著放學、
等待遊戲的童年。

親愛的朋友，你聽過〈童年〉這首歌嗎？我現在正一面聽著這支輕快的曲子，一面回憶著童年的點點滴滴，這首歌開始流行的時候，也正是我小學二年級的時候，生活就像這首歌裡的世界，充滿了純真的樂趣，如果你手邊也有這張唱片，趕快把它放進音響裡一起聽聽看；如果你會唱這首歌，不妨大聲唱出來或在心裡悠悠輕吟，讓那美麗的旋律縈繞在歡喜的日子裡：

陽光下蜻蜓飛過來，一片片綠油油的稻田。
水彩蠟筆和萬花筒，畫不出天邊那一條彩虹。
什麼時候才能像高年級的同學有張成熟與長大的臉？
盼望著假期、盼望著明天、盼望長大的童年。
一天又一天、一年又一年、盼望長大的童年。

我的童年是一個相當樸實的年代，那時我的家「六張犁」這一帶全是綠油油的稻田，白鷺鷥在青山綠水間飛行，世界像一幅動人的水墨畫。我念的是「龍安國小」，從我家這邊坐公車過去約要十五分鐘，我的同學很多來自於那邊的眷村「建華新村」，也就是現在「大安森林公園」的原址。周末的時候，一位毛同學常約我到他們的村子裡一起玩，村子都是低矮的木造或磚瓦平房，下雨的時候，雨聲滴滴答答非常有詩意，我們經常在小走廊邊下象棋，有時欣賞他的珍藏：幾個他父親的勳章、飛機與坦克車的小模型、玩具左輪手槍、拳擊手套等等，都是非常陽剛的，他很早就確立了要當一位職業軍人的志向，那是我們所無法想像的。

過去的小學不像現在那麼活潑、多元，我們的作業簿的後面還印了「當一個堂堂正正的中國人，做一個規規矩矩的好學生」的格言；操場上還掛著「愛國必須反共，反共必須團結」這種標語。上課時老師認真地督導我們學習，下課了是躲避球的時間，我在班上算是很弱的。

當時沒有安親班，也許是因為經濟環境的關係，也很少人參加才藝班，班上學鋼琴的女生就像傳說中的「公主」一樣高貴呀！我們放學後直接回家，那時也沒家長接送這回事，都是自己走路或搭公車。印象中，多數的媽媽都是家庭主婦，少數媽媽要工作上班的同學，有個名稱叫「鑰匙兒」，意思是自己拿鑰匙開門回家的兒童。

我沒有當過「鑰匙兒」，而且我媽媽很會做點心，每天回家都有不一樣的點心等著我，這可能是我童年最幸運的地方。有時是紅豆蓮子湯、有時是「開口笑」（一種用麵粉油炸的甜點），還有千層糕、杏仁豆腐、椰子塔、自己烤的奶油餅乾或桑葚蛋糕、天使蛋糕、南瓜饅頭等，所以同學都很喜歡來我家「寫功課」，多少年過去，前些日子偶遇小學同學，他還記得我媽做的桑葚蛋糕呢！這些點心是肚子的食糧，我最重要的精神糧食，就是《國語日報》啦！

那時《國語日報》只有兩張四面，前面的國家大事、教育政策等等我是完全不關心的，只喜歡看裡面的「小亨利」和文學故事連載，印象很深的是《巧克力戰爭》、《楊小妹在加拿大》等。有一版非常有趣，上面半版登的是四篇小學生的作文，以中高年級為主，下面半版是黃木村老師的漫畫連載，這是完全屬於小學生的園地，我夢想著有一天我的作文也能登在上面，那一定神氣極了，說不定校長還會在朝會時念出來呢。一邊吃點心，一邊閱讀這些有趣的故事、優美文學作品與緊張的漫畫，人生還有比這更快樂的事嗎？只是大我兩歲的姊姊很喜歡和我「搶」報紙看，我們還為此打過架，一人扯住一邊，「嗤」地一聲，《國語日報》就變兩半了。

吃完點心，看完報紙，寫完功課，如果時間尚早，我們可以出去玩一會兒。鄰居小朋友約有五、六人，我們最常玩「過五關」和「奪寶」這些打打鬧鬧的遊戲，有時則騎腳踏車拿著水槍追逐，或是用橡皮筋連成一條長繩玩「跳高」，在地上用玻璃彈珠彼此爭奪對方最漂亮的一顆。一直到夕陽西下，媽媽跑出來叫大家吃飯了，我們的遊戲才結束。現在看來，實在很「野」，我的膝蓋上、小腿上經常都是傷傷疤疤的，有個傷痕到現在還留在右膝上，人生不知不覺就這樣「野」大了。

我最不能忘懷的是放「颱風假」的日子，那時據說放「颱風假」都是總統決定的，大家都覺得很神聖。颱風一來，大人愁容滿面，爸爸不能去上工要損失一天的工錢；媽媽想到青菜又要漲價，只有小孩子不知其中的辛苦，覺得不用上學真開心。停電了，可以玩手電筒與點蠟燭，講鬼故事；午餐是清粥與沙丁魚罐頭、麵筋，這好像比什麼都好吃。有時到了下午，收音機播出颱風已移出外海，風雨漸歇，我和姊姊便偷溜出去，到那條平常沒什麼水的十米大水溝旁，看那滔天洪浪沖激而出，真是過癮，然後把木片、空罐往裡丟，代表我們的小船，看它瞬間就被濁浪給吞噬，心中也不免感到害怕。

童年的點點滴滴真是說不完，歡樂就像晴空一樣明朗而無垠。上了國中以後，升學壓力很大，一切的遊戲與歡笑好像收進了一個大木箱，永遠地藏在床底下。前幾天我翻著舊照片，才發現周圍的環境也變了很多，過去的水田與池塘如今都是高樓林立了。傍晚時在這水泥叢林中散步，好像回到了我小學時的晚風中，心中又響起〈童年〉那無憂無慮的旋律；捷運隆隆駛過，滿載著我的回憶奔向彩霞的天邊。

古典詩裡的田園

晝出耕田夜績麻，
村莊兒女各當家。
童孫未解供耕織，
也傍桑陰學種瓜。

親愛的朋友，你曾看過法國畫家米勒（Jean Francois Millet，1814 — 1875）的畫作嗎？在寧靜的傍晚，教堂的鐘聲悠遠傳來，勞累了一天的農人，放下挖掘馬鈴薯的工作，虔敬地向上天感恩，向大地致敬，這是他著名的畫作〈晚禱〉。我站在畫前，對生命內涵的輝光有了更多的理解與敬仰，畫面中，農民謙卑的形象含蘊了高貴的敬天精神，也表現了畫家悲憫生命的關懷。藝術家用田園的素樸洗滌了我們崇尚物質生活的虛榮，也用田園的寧靜安慰了現代社會匆忙而驛動的心。

面對著西方的田園畫，我心中想起了兩千多年前中國古老的牧歌：

十畝之間兮，桑者閑閑兮，行與子還兮。
十畝之外兮，桑者泄泄兮，行與子逝兮。

——《詩經》魏風．十畝之間1

詩歌裡描述在桑園中採桑葉準備回家餵蠶寶寶的女孩子，悠閒地相互呼喚：「該回家了，一起走吧！」我們可以想像，桑籠中是青綠的桑葉，一群少女歡欣地歌唱，手挽著手慢慢走進夕陽的餘暉當中。簡單的歌謠，是簡單生活的寫照，這是一個無憂無慮的美好世界。

我們都知道，中國以農立國，絕大部分的百姓都是農民，因此文學中，對於田園的書寫是很豐富的。古代的農事中，除了耕種，採桑養蠶、畜牧牛羊、採蓮捕魚，都可說是廣義的田園生活，漢朝的民歌是這樣唱的：

江南可採蓮，蓮葉何田田。魚戲蓮葉間。

魚戲蓮葉東，魚戲蓮葉西，魚戲蓮葉南，魚戲蓮葉北。

好可愛的作品，那些採蓮的小舟，不是也正像水中的小魚，在池塘四處穿梭，一陣陣的歌聲隨著清風傳來……。這篇作品讓我想起了小學音樂課本中的一首歌：「夕陽斜，晚風飄，大家來唱採蓮謠。」悠揚的旋律，永遠縈繞在我的心中。

「田園」對古人來說，還有一個重要的意義，那就是士人「歸隱」的象徵。最有代表性的，當然就是人稱「隱逸詩人之宗」陶淵明了。陶淵明本來懷抱著服務社會的志向，但是卻不喜歡當時政治中逢迎諂媚的風氣，他毅然放棄了出仕為官的機會，回到田園裡，做一個自給自足的農人。我們都很熟悉陶淵明「種豆南山下，草盛豆苗稀。晨興理荒穢，帶月荷鋤歸」的形象。在他的詩裡，還經常表現了他和其他農友間的關係：「務農各自歸，閒暇輒相思，相思則披衣，言笑無厭時」（〈移居詩〉），在晚風之中，一起耕田的鄰居在大樹下聊天說笑，沒有彼此利用的心機，沒有你爭我奪的相殘，這樣的人生還有什麼可奢求的呢？

---

1 閑閑、泄泄（音ㄒㄧˋㄝ），都是安閒自得的樣子。還、逝，都是回家的意思。

唐朝是詩歌的黃金時代，很多大詩人都有鄉村田園的描寫，例如詩聖杜甫在四川成都寫下了教兒子編織雞柵籠的工夫以及摘採野菜下飯的情形，非常親切有味。又說春天一到，「農務村村急，春流岸岸深」（〈春日江村〉），趕著犁田播種的確是農村春日的寫照。另外相傳有一位布袋和尚，也藉由耕田來說明人生的大道理：「手把青秧插滿田，低頭便見水中天。心地清淨方為道，退步原來是向前」，我很喜歡這首小詩，我們的心要像田中的水那麼清澈，而農人插秧，正是倒退進行，據說那是很辛苦的，因此許多事情，當我們以「逆向思考」的態度來面對，有時反而可以產生另一種體悟。不過在唐朝，最為人所稱譽的田園詩人是儲光羲（707-760），他在詩中說自己的生活是「稼穡既自務，牛羊還自牧」（〈田家雜興〉），又說：「種桑百餘樹，種黍三十畝。衣食既有餘，時時會親友」，可知他是親自種田及畜牧的農民，對大地的豐饒有特別領略。

儲光羲的詩得到了許多宋朝詩人的喜愛，宋朝的詩人不像唐朝多半是權貴子弟，他們很多是來自於清寒的農民家庭，因此對農家生活也有更多的感情，最有代表性的是南宋的范成大（1126-1193），我們多半暱稱他為「范石湖」，他的〈四時田園雜興〉寫道：

晝出耕田夜績麻，村莊兒女各當家。童孫未解供耕織，也傍桑陰學種瓜。

你看，男耕女織，孩童也學著種瓜，原來農村生活並不是一味的悠閒，而是在繁忙之中，別有一種充實的人生樂趣。

不過古典詩歌中對於田園生活的體會，也不一定是全然地悠閒自適，許多關心農事的詩人，很真實地描寫了務農的辛勞，李紳〈憫農〉所言：「鋤禾日當午，汗滴禾下土。誰知盤中飧，粒粒皆辛苦」，此詩對我們這個過度浪費的社會來說，真有暮鼓晨鐘的警醒。晚唐詩人杜荀鶴（846-904）說：「壠上扶犁兒，手種腹長飢；窗下拋梭女，手織身無衣」，那時戰亂的社會是多麼不公平，而農民默默地忍受著種田的卻沒有米吃，織布的卻沒有衣穿的生活。宋朝的梅堯臣（1002-1060），更是寫下了農民的苦難：「水既淹我菽，蝗又食我粟」、「老吏執鞭朴，搜索稚與艾」（〈田家語〉），在水災蟲災的處境下，政府仍然要課徵賦稅，抓走了小孩與老人。悲憤的詩人代替農民寫下了他們的辛酸，千年之後，我們讀來依舊不免一嘆。

田園啊，有青翠的秧苗、歡樂的歌聲、恬適的人生和與世無爭的寧靜情懷，是士人身心最後的歸宿。但是也有辛苦的勞動，災荒與貪官的交相侵迫。古典詩歌裡的田園生活表現了對自然的嚮往，也表達了對農人的關懷。我站在米勒〈拾穗〉的畫作之前，也深深對畫家刻畫出農婦的勞苦卑微而感到同情及尊敬。文學及藝術留給後世讀者的，除了美的情愫外，也包含了對弱小者的關懷。這些美好的詩歌及藝術作品告訴我們：「美」是人生中永遠應該追求的態度；而「同情」，則是永遠應該盈溢心中的懷抱。

古情詩

誰念西風獨自涼，
蕭蕭黃葉閉疏窗，
沉思往事立殘陽。
被酒莫驚春睡重，
賭書消得潑茶香，
當時只道是尋常。

「愛情太短，而遺忘太長」，這是智利詩人聶魯達著名的詩句，每當我翻到這頁時，總是停駐於此，陷入沉思。我猜在每一個人的心中，也許都潛藏著一個情感的祕密，那可能是在驚鴻一瞥時烙印在心底的永恆倩影；也可能是在日常相處中逐漸滋生的情愫。有些愛情故事終將走向甜美的結局，但也有些愛情故事不免留下令人遺憾的嘆息。但無論如何，這些人生經驗都成為我們記憶裡最難忘的風景，並成為我們體會人世，覺悟生命的可貴依據，不知道大家有沒有發現，在文學中，「愛情」似乎是最早，也是最終的主題，是不同時空下，永遠不變的主旋律。

過去我在研讀文學史的時候，不少專家認為文學的起源是「勞動」：先民一起扛起大木材或搬動大石頭所唱的歌，或是在豐收時對上天發出的感謝祝語等等。但是我心中對於這樣的「起源」總是感到失望，生活、勞動或豐收固然有其偉大的生存意義，但就文學而言，似乎過於實在也過於簡單，缺少了一點浪漫與想像。因此我認為文學應該發源於對情人的讚美、對愛情的歌詠以及失戀後的嘆息。

野有蔓草，零露漙兮；有美一人，清揚婉兮。邂逅相遇，適我願兮。2

野有蔓草，零露瀼瀼；有美一人，婉如清揚。邂逅相遇，與子偕臧。3

——《詩經》鄭風．野有蔓草

這是距離今天大約二千四百年前的春秋時期的戀歌，敘述一位少年，在清晨的曠野上，在晶瑩的露水中遇見了美麗的女孩，他雖然對這次偶然的相遇充滿了欣喜之情，但是又不敢對女孩表達他的愛慕之意，只能在心裡默默許願，盼望這段戀情能有美好的結局。這首詩讓我想起了一篇當代日本小說家村上春樹的小說〈四月某個晴朗的早晨遇見100%的女孩〉，這首詩的美妙之處在於詩人用清晨的曠野當作兩人相遇時的背景，讓讀者有了一種遼闊的想像意境，而詩中一再提到的「露水」，則暗示了少年的初戀是如此清澈無瑕，更讓人佩服的是，詩人只用了：清、揚、婉三個字來描繪那位少女，我們用現在的白話文來解釋，是清純甜美的笑容、活潑開朗的神情與略微帶著一些羞怯，這真是集合了世間最美的形象啊！詩中的一切是這麼美好，但是詩人只寫出了少年心底的願望，至於結局如何，則是詩人留給讀者的想像，也讓讀者從想像中，喚起自己少年時代的戀歌，剎那成為永恆。

相較於這篇〈野有蔓草〉的清麗與含蓄，我國詩歌的高峰——唐代，許多情詩都是非常熱烈與奔放的，最有名的像是白居易的〈長恨歌〉寫唐玄宗與楊貴妃的愛

2 「漙」，音ㄊㄨㄢˊ，露水晶瑩豐盛的樣子。「邂逅」，音ㄒㄧㄝˋㄏㄡˋ，偶然相遇卻萌生愛意。

3 「瀼」，音ㄖㄤˊ，露水很多的樣子。「偕臧」，音ㄒㄧㄝˊㄗㄤ，永遠相愛。

情，最後用「在天願做比翼鳥，在地願為連理枝」來詠歌這超越生死的無盡之愛；又如李商隱寫他對情人的相思，是「春蠶到死絲方盡，蠟炬成灰淚始乾」，說那思念如春蠶之絲細密纏綿，永不斷絕；那因思念而滴落的淚水如蠟燭之燃燒，直到生命成灰方才盡止。在這些詩中，生命與愛情就像捻成燭蕊的兩股棉線，彼此繞纏，同生共滅，熱情的筆觸寫出了愛情的偉大，以及因為有這麼偉大的愛，生命才能不凡的真正原因。

在唐詩中，我覺得李白寫的〈長干行〉是最有特色的一篇。

妾髮初覆額，折花門前劇。郎騎竹馬來，遶床弄青梅。同居長干里，兩小無嫌猜。十四為君婦，羞顏未嘗開。低頭向暗壁，千喚不一迴。十五始展眉，願同塵與灰。常存抱柱信，豈上望夫臺。十六君遠行，瞿塘灩澦堆。五月不可觸，猿聲天上哀。門前遲行跡，一一生綠苔。苔深不能掃，落葉秋風早。八月蝴蝶來，雙飛西園草。感此傷妾心，坐愁紅顏老。早晚下三巴，預將書報家。相迎不道遠，直至長風沙。

你看，在詩裡，擊劍任俠的李白，學仙縱酒的李白，竟能將他的俠情與豪氣，轉化為一位少女的成長情思，「兩小無猜」是懵懵懂懂的童騃；從「羞顏」到「展眉」是成長的青澀；為了情人遠行而產生的懸念與傷心，則是愛情必需負擔的責任，在這樣的責任中，李白告訴我們愛情並非純然是兩人相依相偎的歡樂，愛情必需落實到生活裡，成為兩人共同守護、努力維持的光明與溫暖。李白的詩讓我們憬悟，「談」戀愛是很容易的，但如何在日日月月時時刻刻的磨損中，還保有最初的悸動與始終不變的等待，那才是愛情真正的考驗。

縱觀世事，再美的繁華盛景，也終有搖落飄零的一天，愛情似乎也不例外。美好的愛情結束，向一個燦爛季節的遠走，在我們的心底總是留下了感嘆：

誰念西風獨自涼，蕭蕭黃葉閉疏窗，沉思往事立殘陽。

被酒莫驚春睡重，賭書消得潑茶香，當時只道是尋常。4

——清，納蘭性德，〈浣溪沙〉

4 「賭書消得潑茶香」一句運用了女詞人李清照的故事。北宋末年的李清照，少女時嫁給了趙明誠，兩人非常恩愛，經常一起讀書，打賭某句話在某書某頁，得勝的人就可以先飲茶，但歡笑中經常將茶碗翻覆，弄了一身茶水。李清照晚年丈夫病歿多年，她找出了一件舊衣裳，上面依稀還有當年的茶香，這讓她想起了往事而不勝欷歔。「消得」，就是剩下的意思。

在這篇感傷的作品中，首句「獨自」的意象暗示了情人的遠離，在一片蕭瑟的西風斜陽中，詩人陷入了對過往愛情的追懷中。那些已經成為雲煙的愛情對他來說，不只是一個回憶，更帶有人生的覺悟，末句「當時只道是尋常」，表示了他心中無限的追悔……，如今回想起來，那些都是應該珍惜的啊，為什麼我當時只以為那都是很普通的事而輕易地錯過了呢？這篇作品使我想到，我也經常將生活中的一切視為「尋常」的理所當然，但是，倘若有一天我失去了這些，那麼我必將無比遺憾且無限後悔吧。因此，仔細品味潛藏在每一件小事、每一句話語中的深情，並珍惜這些稍縱即逝的愛，或許是我們把握人生的最好方式。

「問世間，情為何物？」這是曠古絕今，無人能回答的問題。不過因為有了愛情，世界更加豐富也更加動人，我們細讀文學作品中所刻畫的風花雪月，那不僅告訴了我們一個一個浪漫的故事，同時也讓我們體會應該對這人間最美的情懷，有著最大的珍惜與最多的呵護。

歷史上的怪人

春風取花去，酬我以清蔭。翳翳陂路靜，交交園屋深。
床敷每小息，杖屨亦幽尋。惟有北山鳥，經過遺好音。

有一句我很喜歡的詩：「春風取花去，酬我以清蔭」，寫出了人間隨時都有無盡的美好供我們歡賞，所以不用擔憂美好韶光的逝去。詩的作者是宋朝的王安石，在林語堂先生所寫的《蘇東坡傳》中，稱這位政治立場與蘇東坡不合的宰相為「拗相公」，意思是他的言行，往往不同於常人。據說他一想事情就出神忘我，眾人一起吃飯，他只顧著吃面前的一盤菜，有一回皇帝約了群臣往魚池釣魚，活動還沒開始，王安石就一面沉思，一面把一盤拿來當魚餌的魚飼料給吃光了。據說他不懂得開玩笑，人家說的笑話他都十分當真；而且他忙得沒時間洗頭髮，上朝時，站在他後面的官員可以看到一隻頭蝨，正在他油膩的髮上盪秋千呢！

王安石個性雖然怪異，但他在文學上的造詣，其實都有著不凡的成就。這也印證了一句俗話：「一種米養百樣人」，的確，這個世界上的每一個人，天生的個性、思想、行為等等，都與其他人存在著一些差異。不過經過了後天的文化陶冶、學習教育之後，人與人之間的差異便會慢慢縮小，而漸漸形成了價值觀上的共識以及行為上的普遍準則。不過，在歷史上，也有不少傑出的人物，他們往往表現出不同於尋常人的思想或言行。

談到歷史上的奇人異士，我的腦海中馬上浮現了「六朝名士」的各種形貌。「六朝」是指中國歷史上，東漢滅亡後，包括了三國時代、西晉、東晉及合稱「南朝」的宋、齊、梁、陳，時間大約從西元的二二〇年到五八九年，兩百多年間，卻經歷了那麼多的朝代更替，在動亂的時代，許多名士為了逃避政治上的迫害，或是表現自己不同於一般俗人，因此經常有驚世駭俗的舉動。例如西晉時代「竹林七賢」中的嵇康，一生瀟灑磊落，他的老朋友山濤當官了，也勸他一起出來做官，沒想到嵇康竟然一口拒絕，說自己身上長滿蝨子，每天東抓西抓，如果穿上了厚重的官服，沒辦法抓癢，那豈不糟糕了。又有一次，朝廷中握有重權的鍾會先生聽說了嵇康的聲名，便想結識這位當代奇人，他約了一群才士一起去拜訪嵇康，沒想到嵇康正好在樹下打鐵，見到一群人來，頭也不抬地繼續他的工作，毫不理會這群權貴之士。鍾會等了半天，兩人一句話都沒說，鍾會心裡明白嵇康根本看不起他，只好失望地準備離去，這時，嵇康冷冷地問他：「你是聽到了什麼風聲才跑來我這裡？又看到了什麼才想走了呢？」鍾會也冷冷地說：「我聽到了我所聽到的，也看到了我所看到的。」其實，嵇康是對於當時的朝廷沒有好感，所以故意用奇怪的言行，來諷刺山濤、鍾會這些善於阿諛奉承以求官位的小人。

另外，在東晉時代有一位大書法家王羲之，他的兒子王子猷也是一位風流豪爽的人物。有一天晚上下起了大雪，王子猷突然想念住在遠方的好朋友戴逵，他命人在半夜裡整頓行囊，準備立刻坐船去探訪好友。小船在風雪中航行了一整夜，黎明時，好不容易才到戴逵家門前。不過王子猷卻沒進戴逵家就吩咐小船掉頭回家了。同行的人都感到很奇怪，既然辛苦地來了，怎麼不見上一面呢？王子猷笑說：「我是懷抱著一種期待的心情來的，如今這種心情已經滿足了，見不見面又有什麼關係呢？」又有一次，他聽說某戶人家的庭院裡種的竹子很漂亮，他便跑去觀賞，那家的主人知道他要來，還準備了筵席要款待他。沒想到王子猷一來只顧著看竹子，完全沒和主人打個招呼，賞完竹，子猷心滿意足掉頭就走，那主人生氣地關起大門不讓他離開，本以為會是一場不愉快的衝突，沒想到子猷哈哈大笑，直說這個主人有趣，是個真性情的君子，兩人一起喝酒直到深夜。

到了風氣開放的唐朝，特立獨行的人物更多，善於寫草書的張旭，曾經為了追求書法藝術的效果，將自己的長髮浸入一大缸墨汁中，然後用頭在大地上寫起了書法，當時的人都稱他「張顛」，天才與瘋狂，真的只在一線之間啊！

在禪宗流布的時代，許多道行高妙的禪師，也以奇怪的言行來打破眾人的迷思。有一位「丹霞禪師」，一日到某寺廟借宿，半夜裡，竟拿著一柄斧頭，將供奉在廟前的木雕佛像給劈了當柴燒。廟中的和尚大吃一驚，急忙阻止丹霞禪師，問他怎麼燒了他的木佛呢？丹霞笑嘻嘻地回答：「我在燒舍利子啊！」和尚生氣地說：「咄！木頭雕的佛像怎麼會有舍利子呢？」丹霞便說：「沒有，那豈不是更該燒了。」原來啊，他是用這個行動，點醒世人不要只追逐宗教的外在形式，而應更重視宗教的精神內涵。

古人說：「人不可以無癖」，「癖」就是一種不同於大眾的嚮往與習慣，其中表現了一個人潛在的個性，或許也可以說是對別人異樣眼光的不在乎。世界是寬大的，或許我們應以包容乃至於欣賞的態度來接納別人不同於我們的價值觀或行為模式；同時我們也可以想一想，在很多看似奇怪的言行中，是否暗示著更深遠的意義，傳達出一種對世界不同的體會與解釋呢？

人窮志不窮

當你為鳥翼鍍金，
鳥兒便不能翱翔天際。

上一次，我參訪了位於高雄縣美濃鎮的「鍾理和紀念館」，館址座落於通往「黃蝶翠谷」的路上，雖然偏僻，但館藏十分豐富，讓我對這位光復初期的偉大作家有了更多的認識。鍾理和（1915-1960）一生熱愛文藝創作，不過由於他罹患肺疾，無法工作，以至於他的後半生都在窮困中度過。他曾在一篇作品中說自己很想要有一張可以安心寫作的書桌，但貧困的環境卻讓這個卑微的願望無法實現，不過，永遠保持樂觀的鍾理和，卻發現了大自然就是最好的書房，他拿著一張木板，在樹蔭下寫作，在天地中得到了無窮的啟發。

我在紀念館中面對著這張仍然保存得很好的木板，心中感到無比敬仰，它似乎訴說著，也許經濟上的困窘將使我們失去許多享受，但是卻不能改變我們追求理想，這張小小的木板，是勇敢的翅膀，承載了一位作家的夢。走出紀念館，漫步在館外的「文學步道」上，鍾理和的精神讓我想起了歷史上無數偉大的哲人，他們一生不求物質生活的榮華富貴，但卻為我們的文化留下了無盡的光彩。例如孔子最欣賞的學生顏回，一生活在「人不堪其憂」的貧病之中，但卻始終做一個正直的人，在學問與人生中探求真理而「不改其樂」，實在了不起。陶淵明辭官歸隱後雖然家居窮困，但他卻能「晏如」——自得快樂於這樣的處境中，並以一篇篇優美的詩作，抒發回歸樸素生活的喜悅。

唐朝偉大的詩聖杜甫，一生流離困頓，但他卻將這些苦難的生活幻化為優美的詩篇。在他的青年時期，目睹了當時貴族生活的奢侈，自己懷抱經世濟民的志向卻沉淪於江湖，不禁感嘆：「此身飲罷無歸處，獨立蒼茫自詠詩」，意思是說：「離開了這樣的宴會，我卻不知道家在何處，只能在黃昏中用詩歌來排遣我心的悲哀。」可見，面對人生的苦難，文學是最好的心靈出路。杜甫後來歷經了漫長的旅程來到了四川成都，過著自給自足的農耕生活，客人來訪，家裡沒有什麼豐富的東西可以招待客人，但他豪爽地說：「盤飧市遠無兼味，樽酒家貧只舊醅」，坦率地告訴客人只有一些鄉村的蔬菜和自釀的淡酒，不過，人和人之間的情感，本來就不是建立在大魚大肉或美酒歌舞之上的，這種簡樸的招待，更加凸顯了兩人間深厚的友誼，以及「富貴於我如浮雲」的淡泊心胸。每當我讀到這些詩，不免感嘆，在今天的社會中，我們往往用金錢來衡量很多事情，但是卻忽略了有太多美好的情感或意境，不是金錢所能換取的。杜甫的晚年，以一條小船為家，面對動盪不安的時代以及回不去的故鄉，一無所有的杜甫自喻為：「飄零何所似，天地一沙鷗」，我們只要閉上眼睛，彷彿就可以看到在廣闊的天地間，那隻不畏風霜，翱翔於天地的白鷗，牠雖然一無所有，但昂揚的精神與追求自由的生命態度，卻讓我們感到人生中最美的一面，我想貧困的生涯對杜甫而言就像一顆粗糙的沙礫，而杜甫卻用詩，將它化為一顆珍珠，永遠閃耀在中國文學的冠冕之上。

在宋朝，蘇軾相當推崇詩人梅堯臣，他認為梅堯臣的詩能有這麼高的成就，那是因為生活的不安而使他對生命有更多的思索，物質的困乏讓他對事理人情有更多的覺悟，我們常常聽到「文窮而後工」這句話，就是蘇軾對梅堯臣的評語。「窮」，在古代不只是說金錢的匱乏，同時也意味著人生的不如意，我們都希望自己或朋友的人生能永遠平和順利，但是人生難免會遭受挫折，這時，或許我們應該放下怨天尤人的念頭，而想一想，這是否是上天給予我們經歷另一種人生的機會，讓我們在其中得到更多的智慧。就像一代文宗韓愈，曾經寫了一篇很有趣的〈送窮文〉，他把「窮」想像成是五個搗蛋的小鬼，要將他們送走，不過，這五個小鬼卻說少了他們在身邊，人生就不免平淡，也就很難在世間留下永不磨滅的輝光，韓愈聽此番道理，只好續讓「窮」繼續跟著自己，但是，他卻因為這五個小鬼之助而創作出了許多不朽的詩文。

印度的詩人泰戈爾曾說：「當你為鳥翼鍍金，鳥兒便不能翱翔天際」，因此優沃的生活固然值得羨慕，有永遠用不完的金錢也讓人很開心，但是我們或許應該體認，金錢的本質是在幫助許多更需要幫助的人，而簡樸的生活，往往能帶給我們更多的智慧與自由的快樂。試看顏淵的正直、陶潛的恬淡、杜甫的坦率、韓愈的樂觀、梅聖俞的體悟和鍾理和的孜孜不倦，「窮」其實並不可怕，與其感嘆生不逢時，何不化窮為富，在「窮」中創造一筆可觀的心靈資產呢？

帶一首詩去旅行

一束別離的日子
像黃花置於年華的空瓶
如果置花的是你，
秋天哪：
我便欣然地收下吧

打開初夏的窗子，藍天悠遠，白雲自在，金色的陽光穿過綠樹的葉隙，風一吹來便吟成一首動人的歌。世界還是一如往常，在奔忙與喧囂中時光匆匆，而我的心在這個時節，總是嚮往著無盡遠方，同時也帶著一些眷戀，想起多年前，那少年時代的好日子。

夏天的漂鳥，到我窗前來唱歌，又飛去了。

秋天的黃葉，沒有唱歌，只嘆息一聲，飄落在那裡。

我永遠記得翻開詩頁的午後，天空是多麼蔚藍，而那些詩句，像一串懸掛在窗前的風鈴，叮叮地敲進了我的心裡。

初讀印度詩人泰戈爾的《漂鳥集》是在十三、四歲的中學時候，煩悶的課業，沉重的壓力，生活總是無奈而讓人失望，世界沒有可喜之處。然而詩就像一條清淺的小溪，自然地流進了我的心裡，載著小小的意念，漂向了一個美麗的遠方。泰戈爾的詩總是那樣的簡單，但卻揭示了在這個讓人失望的世界上，永遠有潛藏的美好與探索不盡的真理，一如他所說：「有些看不見的手指，像閒逸的微風，在我心上奏著漪波的音樂」，有時我倚靠在教室的窗臺上，微風吹來，我想起這樣的詩句，似乎真的聽見了它在我心奏起的歌，那時我的心中總是充滿了小小的喜悅與神祕。

詩是什麼呢？這是我經常在思索的問題。翻閱《漂鳥集》，我發現詩不是故弄玄虛的語言文字，也不是矯柔造作的情感氾濫，而是對生活、對周遭世界的靜觀與自得，發現一草一木、一山一水背後所蘊藏的深意，並且細細品味在我們內心某種難以言喻的情懷，詩是教導我們看待世界以及認識自我的老師，而且優美動人。

我永遠記得中學畢業的那年夏天，我與同學來到植物園，站在初夏的蓮池邊，我可以想到「露水對湖沼說：你是蓮葉下的大水滴，我是蓮葉上的小水滴」這樣的句子，而滿園盛開的花朵，又使我想起「嬌嫩的花張開了她的蓓蕾喊著：親愛的世界啊，請不要凋謝」，或許喜歡化學的同學可以解釋露水與湖沼都由「水分子」所構成；或許喜歡生物的同學會解釋花的綻放是為了傳播花粉，綿延物種。但是對我來說，這樣的詩句提醒了我換一個角度看待世界，有時便能發現意想不到的美，讓我們被俗事攪擾得很厲害的心靈，暫時安歇。

因為這種美，我漸漸愛上了詩，也養成了讀詩的習慣與興趣，當然啦，有時難免遇到讀不太懂與不是很喜歡的詩，但是只要不灰心地繼續讀下去，總是能再次讀到心怡的作品。讀詩不宜貪快，有時我看武俠小說，兩三個鐘頭就能讀完厚厚一大本，但是讀詩，需要邊讀邊想，有時一行詩、一首詩，真可以想上好幾分鐘。而且詩可以反覆重讀，在不同的人生階段重讀一首詩，所感所味，經常是完全不同的。

讓我再次為詩著迷的是《鄭愁予詩集》。鄭愁予是相當浪漫的詩人，他說：

那兒浴你的陽光是藍的，海風是綠的
則你的健康是鬱鬱的，愛情是徐徐的——〈小小的島〉

真是讓人懷想那是一個多美的世界。在《鄭愁予詩集》中，海洋、斷崖、草原、古城、小站……處處都是迷人的風景，風景中迷人的情懷。

從十四、五歲開始一直到現在，我不斷重讀這本詩集，書頁已經很破舊了，裡面的詩句卻還是像第一次讀到時，那樣深深打動我的心靈。年復一年，長長的暑假結束，涼涼的秋風將街道薰染成淺黃淡紅，我便想起：

一束別離的日子
像黃花置於年華的空瓶
如果置花的是你，秋天哪：
我便欣然地收下吧

「欣然」是一種詩的情懷，在被動的接受中，以淺淺的喜悅來享有人生，而這也正是讀詩的感覺，鄭愁予浪漫的文字很適合年少的心：

這次我離開你，是風，是雨，是夜晚
你笑了笑，我擺一擺手

一條寂寞的路便展向兩頭了

——〈賦別〉

我總是在讀到此處時停了下來，回想那生命裡彷彿風雨的離別，誰說詩是很難懂的東西呢？至於「我從海上來，帶回航海的二十二顆星／你問我航海的事兒，我仰天笑了」這樣的詩句，真是瀟灑至極，我覺得浪漫和瀟灑是一體兩面的事，也是人生不可或缺的懷抱，過分計較現實得失，或是只看見事物是否有用的功利層面，雖然也是一種態度，但這樣的人生不免少了一點「趣」，也少了一點「味」。

畫家在素描時，勒定了所畫對象大約的輪廓後，只以炭筆磨擦出光影的陰暗與明亮，而不作細部的描繪，保持一點朦朧感，以免整個畫面過於呆板。這個階段，就像詩一樣，在光與暗、有與無之間，帶著一點迷濛，一點神祕，一點耐人追索的況味。然而這並非脫離現實，仔細想想，我們在人生裡，大多數的情感都是這樣迷濛的吧！誰能肯定自己的內心無論是哪一刻都清晰無比的呢？所以我深深覺得讀詩是認識人生的一種方式，而鄭愁予的詩，尤其適合初讀詩的少年，當我們在少年時學會了「感動」，那麼我們一生將是何其豐足而甜美啊！

讀詩的好處真多，有時我與朋友師長討論如何鍛鍊寫作能力，我們發現從讀詩中培養譬喻的能力，是提升寫作能力的捷徑。一個好的譬喻，必先洞察事物的本質，然後通過聯想，找出類似這個本質的另一樣事物來作說明，這其中又包括了文字的運用與美感的建立等藝術的經營等，而觀察、聯想與藝術經營，其實就是文學的本質。在諸多詩集中，《唐詩三百首》也是值得仔細品味的好作品，它是浩瀚唐詩的精粹，代表了傳統文化的溫柔與抒情。閱讀文學，不必拘泥於古今之分，因為人的情感也是不分古今的，而古典文學，無論在文字淬鍊、意象塑造或譬喻營構上，都是相當值得借鑑的，多讀古詩，即能涵養我們寫白話文的筆力，這就是古人說的「汲古潤今」之意。

初夏是讓人沉醉的，倘若輕輕將詩的美麗放進心裡，當我們再次睜開眼睛，天還是那樣的藍，世界還是那樣敻遠，但你一定會感到某些細微的差異，透過詩，你會慢慢進入一個美與同情的世界，慢慢感到一種燦亮，綻放在幽深心底。

又一輯

紅洋裝

I always saw, I always said
If I were grown and free
I'd buy a gown of reddest red
As fine as you could see……

在小小的音樂會上，女聲樂家為我們獻唱一首又一首優美的歌謠，鋼琴幽幽的伴奏、清朗而抒情的歌聲，音樂永遠為我們帶來暫時遺忘塵世擾嚷的愉快片刻。諸多歌曲中，我獨愛一首〈紅洋裝〉：

I always saw, I always said

If I were grown and free
I'd buy a gown of reddest red
As fine as you could see……

回家後在網路上仔細搜尋，透過友人在國外買原版的唱片，才知原來這是美國女詩人桃樂絲．帕克（Dorothy Parker, 1893-1967）的短詩，據說她是一位非常機智而擅於諷刺的詩人，相當受到歡迎。

這首〈紅洋裝〉，訴說一個小女孩，從小就想等長大後買一件世上最美的紅洋裝，並幻想著當她穿上那件紅洋裝時一定美麗優雅，同時一定會在那時遇見一位英俊瀟灑且愛慕她的男士，而她將過著讓所有人都羨慕的生活，但後最情況卻急轉直下：

現在我終於長大了，也終於擁有了那件可笑的洋裝

原來這是一篇悲哀的作品，訴說著成長與幻滅。

在我們還是一個孩子時，總有許多對長大以後的想像，總以為自由、快樂與幸

福，是隨著我們的成長而自然來到，就像秋天時熟透的蘋果自然從樹上落下來，我們只要一伸手就可以品嘗芬芳與甜美的果實。但隨著日漸成長，我這才發現原來人生的每一個階段都有它的苦與樂，如果有一個天平，你把苦與樂放在兩端，若是指針指在中央，也就是苦與樂的重量恰好相等，那麼當時的人生應該也就是幸福的；但人生似乎大多數的時光都是事與願違、風波不斷，天平的指針永遠指向苦的那一邊，這也無怪乎古人要說：「不如意事十八九」了。

童年是人生歡樂最多的年華，那時的世界很小，因此要滿足小小世界的心願其實很容易：颱風來襲放假一天，雖然哪也不能去，家裡還停水停電，但能點支蠟燭聽聽收音機裏面的歌曲配上醬瓜稀飯，也覺得是一種快樂；運動會雖然拿不到獎牌，但老師請全班喝汽水，且一起拍了跳大會舞時奇裝異服的大合照，心情也是很興奮的；去書展買了幾本打折的書，偶爾跟大人去看了一場似懂非懂的電影，心中總是無比滿足而幸福。童年的想法是直線式的，「我只要擁有了什麼，就一定會如何」成為了一條生活與夢想的公式，就像歌曲中的女孩，想像自己有了紅洋裝就一定能得到美麗與愛情。

世界當然遠比一個孩子所能想像的更複雜，成長雖有驚喜，但也不免伴隨失望，我還記得我一直希望能嘗試離家獨立生活，心想那是多麼自由而浪漫，大學也真的離開台北到台中讀書，展開了一個人的生活。一開始的日子非常新鮮，但新鮮感消失後，每天吃什麼、穿什麼，就足以讓我煩惱，衣服要自己洗，三餐要自己張羅，錢經常不夠用……，這些現實問題沖散了原先的浪漫之思。

不過人生的好處是，當你之前的夢想幻滅了，但隨即又會產生新的夢想，明天太陽升起時，我們又會為了追逐新的夢想而興高采烈，大步向前。舊夢想幻滅時心裡雖然失落，但也慢慢可以在其中找到一種警惕、一種教訓，這都可以化作人生裡最寶貴的智慧，成為下一段旅程的重要參考。

〈紅洋裝〉這首歌在最後用了「可笑的」三個字來形容那件洋裝，但我們都知道洋裝依然美麗，「可笑的」其實是長大後，回顧的童年的純真之夢。但我現在的體會是，沒錯，當我們成長了，再度回首童年時的種種天真，的確會覺得幼稚可笑，然沒有那個過去的自己，又怎會有現今的我呢？且那純真情愫，不僅質樸無華，而且是絕對善良而溫暖的，因此我主張我們應用更多敬愛之情來面對那個過去的自己，並將那些天真爛漫昇華為文學、藝術創作的靈感，因為所有藝術的本質，都是一顆純粹無瑕的心，對世界最早的盼望。

一隻孤獨的鳥

旭日湧現時沒人看見；
只有我一人和大地，
還有隻無名的無名小鳥，
躬逢這加冕典禮。

已經到了清晨聞鳥鳴而甦醒的季節，或年齡。

我住的崇德街底後面是山，前面是凌亂的舊矮房舍和狹窄的巷弄。山上多墳，一到清明節就變得十分壅塞，平常車少人稀，但見著正式裝備的自行車愛好者輕輕滑過山路，消失在轉彎之處。據說這裡是台北市南區少數可以爬山路的車道，其實海拔也不過一百五十公尺左右，往上而行一路會經過戒嚴時期政治受難者紀念公園、回教公墓、蔣渭水墓園等著名據點。如果對台灣政治或文化有興趣，也許這裡正提供了一個絕佳的追想與省思之處；而如果喜歡遠眺市景，拍照留念，此山登到高處，也可以眺見遠東大飯店的雙塔和湮湮於塵寰中的渺小人跡。

山上的樹多，雀榕、杏花、茄冬……一路上提供許多清蔭和涼風，讓滿山遍野的靈魂得以幽靜；家門前面一些產權有爭議的荒地與路間的樹木也不少，蓮霧、枇杷或榕樹，一年到頭也都常綠無瑕。但棲息在這些樹上的是什麼鳥呢？

可惜我不是一個鳥類學家無從確知每一種鳥的姓名，但知一種全身黑羽的鳥，也許是八哥，聲音嘶啞，唳鳴終日，而且經常互相追撲撕打，野性而頑皮。等到牠們安靜下來，也可以聽見十分婉轉圓潤的歌唱，可能是畫眉鳥的歌聲，牠們隱身於林葉之間，有時相隔甚遠，一唱一答，嘹亮而富於節奏，如果是莫札特聽到了，或許又有一部唐．喬凡尼傳世。當然還有麻雀的嘰嘰喳喳、五色鳥較為低沉的呼喚以及偶而尖嘯幾聲的喜鵲，從清晨到晌午，在排除了機車的引擎和裝修房屋的電鋸及敲打後，這些鳥類的歌聲就縈繞在每一個寂靜的日子中。牠們是在求偶、覓食，還是純粹為了讚頌春夏的韶光與和風呢？惟中午雞鳴一過，喧譁的眾聲便安靜了下來，直到暮色來臨，牠們才重新開始黃昏的交談。

也有些鳥吸引我的不是叫聲，而是牠們的姿態，打了藍底灰點小領巾的斑鳩走在清晨的路上覓食，一派鄉間仕紳巡視水田的從容。雨後燕子的飛掠而行，牠們貼著地面急速滑翔、巧妙迴旋，捕捉翅膀沾了水氣的小型飛蟲。那靈動而矯健的飛行術，如果能用動態攝影捕捉下來，並將牠們存在的每一個點配上五線譜，我相信會是一篇絕妙的快板樂章。

相對於燕子，白鷺平展雙翅，慢慢浮游於藍天之上，那無重力的狀態詮釋了悠閒的高人之姿，世間總是這樣，勞人草草，驕人好好，許多樸素的身影與現實的惡浪撲打掙扎，最後無聲息地被時光沖走。行走於雲端習於讓眾人仰望的人啊，可曾垂下你的深睫，回顧地面一個卑微的黑點呢？然命運與性格總是不許爭辯之事。棲止於樹枝上的台灣藍鵲，羽色明媚，尾長身俊，儼然帝王氣象，牠不飛也不鳴，可不就是詩人筆下「碧梧棲老鳳凰枝」的盛世淑儀嗎？在極偶然的情況下，這裡還可以看見遠天展翅平翔的鷹鷲類飛禽，牠不走向人間，也不鎮日喧嘩，在極高的天上盤旋幾圈後，便遙逝於白雲間，他們是決定天有多高的生命。

漫長的一日，短暫的一生，在樹與鳥，在夢境與生活中浮沉，有時感受心的紛亂，有時羨慕遠天雲色的悠閒。據說除了少數候鳥，多數鳥兒終其一生不曾飛離他所熟悉的環境，有了翅膀，並不一定擁有自由；有了心與感受，是否就能擁有愛與情感呢？

晨曦初啟，樹林尚未染金，群鳥的即興歌唱透過窗簾間的微風傳入夢中，將我喚醒。在窗邊讀著少年的陳舊詩集：

旭日湧現時沒人看見；
只有我一人和大地，
還有隻無名的無名小鳥，
躬逢這加冕典禮。

蒲葵

小小的闌干，紅著的，
蒲葵扇上，梔子花兒底晚香

看連續劇的時候，媽媽拿出一把大扇子，是蒲葵葉編成的呢！她說菜市場買的，五十塊！

好久沒有看到這麼樸實的東西了，拿在手上揮一揮，和童年時的夏天一樣清涼，那個沒有冷氣的七〇年代，悶熱的夏夜，躺在草蓆上，媽媽用扇子輕輕搧著，夢就有了樹林裡的涼爽和神祕了。

植物做成的事物無有不好，塑膠管毛筆寫出來的字就是比不上真正的竹管，竹葉包成的粽子或荷葉裹出的粉蒸肉，那香氣無可取代。平常這些木本、草本茂密緘默，各有演化而生的形貌，隨著季節或氣候，在風的流行和光影移動間產生若有情緒的姿態：靜止的綠、喧囂的紅、粗糙的棕或間雜的各種色彩，讓人的眼睛舒適且愉悅地勞動，心中驚詫造物主的審美與想像力。苗圃、溫室或栽種植物的園林，總是充滿詩意氣氛，因為生命本身的幽靜，也因為成長、繁衍或死亡的悄悄喧囂。

植物的優美神祕，讓我對從事植物相關工作的人充滿敬意與好感，用鉛筆在紙本上描繪花葉的紀錄者，實驗室裡研究物種基因的科學家，或是生產糧食的農人、對著一群孩子介紹植物的公園志工，都讓人覺得親切溫和，彷彿他懂得另一種語言，能溝通動物和植物的心靈。

走在校園裡，經常可見熱心的人員為每一棵樹每一叢花掛上標牌，簡單的就是一塊漆白的木牌寫上植物的名字，複雜的則包含了學名、產地和簡單的解說，這種熱忱讓人忽然回到童年的學習時光裡，我們又成了一個天真的孩子，和老師學習了一種花草的名字和許多夢想，因而知道物種何其繁多，世界何其廣大，而我們又那麼的渺小，心也隨之謙卑了起來。而這種介紹，也讓人與植物的關係有所不同，像交換了名片和各自的故事，人和自然就多了一份友誼，以後走到天涯海角偶然重逢，多少歲月的回顧與想念，便這樣風影搖動，讓生命有了醇厚的回味。

幾天前在學校轉角，日日走過的路上看到一株蒲葵，掛在樹上的白色小木牌就寫著「蒲葵」兩字，那其實是台灣十分常見的植物，只是以前很少留意，也不知道他的名字。我們在教室裡，總是讀著俞平伯的新詩：

小小的闌干，紅著的，
蒲葵扇上，梔子花兒底晚香

梔子花在台灣，我見過多是白的，也沒有太濃的香氣；但它的果實卻是紅的，古人有詩：「紅取風霜實，青看雨露柯」（杜甫〈梔子〉）；同時非常香：「盡日不歸處，一庭梔子香」（張祜〈信州水亭〉）。在冷氣電扇的社會，重看俞平伯這首詩，也不免感嘆扇子在這個年代已經逐漸式微了，而淡出時代的不僅是一把扇子的清涼，也包括了晚香似的風情。

蒲葵的莖梗十分粗硬，輻射狀的葉挺長如劍，舉頭一望，其外貌已具扇形；以前的民間藝人連莖帶葉稍微加工就可以是一柄渾然天成的扇子，但也有只摘長葉編織而成的蒲葵扇，在上面亦可描畫山水，文質相應，恬淡簡遠。在遙遠的印象裡，外婆每到夏天好像就有一把那樣的扇子，那是「心靜自然涼」的時代，草蓆、蒲葉的沁涼，和童年夏夜的星星一樣冰人。

我不知俞平伯的新詩裡，持的是哪一種款式的扇子，但可以想像，在熅熱的仲夏黃昏，閨中素白衣裙的仕女，斜倚欄杆，輕搖蒲扇，梔子幽幽香氣隨風遠近，漫長的白日也將黃昏，靜默的欄杆、花朵、蒲扇與沉寂的心構成了風景。古人把梔子花稱為「同心花」，象徵愛情的密合；如今蒲葵扇底徐徐搖曳的是晚來幽香，還是艷紅的寂寞呢？俞平伯此詩名之為〈憶〉，我不知是他想起了誰，或是他希望誰想起了他？

後來經過校園裡這棵蒲葵，便有了一點悠遠的思想，植物的緘默總包含千言萬語，但又可以將世間無盡喧囂，收攏為深沉的靜謐。我已經很多年沒有見到真正的蒲葵扇，也沒有見到倚著欄杆，寥落相思的人。一陣風吹來，樹木林葉沙沙作響，夏天依舊像我兒時那樣蔚藍遼闊，我似乎明白已經走得太遠，寂寞像一襲秋風，佇思片刻，忽也開始懷念那些不知何時遺落何處的往事了。

伴我成長

好雨知時節，當春乃發生。
隨風潛入夜，潤物細無聲。
野徑雲俱黑，江船火獨明。
曉看紅溼處，花重錦官城。

我很喜歡一句詩：「隨風潛入夜，潤物細無聲」，這描寫的是什麼呢？是「春雨」，但我想起的是一位老師。

我們五年三班以頑皮著稱，吵鬧、不守秩序、垃圾滿地，什麼比賽都很不團結，永遠是最後一名。我們的老師本來很兇，規定很多，不能遲到、不能在走廊奔跑、不能遲交作業……他最喜歡叫人罰站、罰值日生、罰抄課文、罰全班不准下課。但是愈罰，我們愈鬧，整節課都是老師在罵人，但，有什麼用呢？老師罵完人，十分鐘後我們又故態復萌了。

下學期，學校換了一位年輕的女老師來我們班，開學第一天，打掃時間一到，跑去打球的、聊天的、拿著掃把追打的，一樣都沒少。老師靜靜走進教室，沒有說話，一個人把一張一張桌椅搬到教室後面，「老師，我來幫你。」終於有同學發現了，過來幫忙，一個、兩個、三個……搬完桌椅，老師拿起掃把掃地，「老師，這是我的工作。」有同學開始臉紅了。

「嗯，謝謝你，」老師笑瞇瞇地說：「我們一起來掃。」

「老師，我來拖地。」本來在走廊追打嬉戲的同學提著水桶進來了。

就這樣，我們很快打掃完成，那些去打球的跑回來，看到教室乾乾淨淨，大家都在安靜排桌椅，老師也沒有責備他們，但，他們的臉也紅了。

後來，教室地上有垃圾，老師不罵人，總是親自彎下腰幫大家撿；同學之間有人爭執起來，老師把他們叫到一旁，讓他們慢慢說為什麼爭吵，老師靜靜地聽，並不評斷誰對誰錯，只說：「同學在一起是緣分，大家要互相珍惜。你們願意跟對方說對不起嗎？」

說也奇怪，我們地上不再有垃圾，因為我們都覺得老是讓老師幫我們撿，太不好意思啦！大家也不想被老師叫去「說事情」，因為在老師面前講那些根本微不足道的小事，實在太丟臉了。我們上課也漸漸不鬧了，因為很多次老師就是站在那，等我們自動安靜下來，我們覺得她不說話時，好像是我們害她傷心一樣，我們都不想讓老師難過。記得之前的老師常會捶著講桌或黑板大罵我們，罰我們一節不准下課，哼，愈是這樣，我們愈要吵給他看。

甚至，運動會前，我們開始自動提早到學校來練習大隊接力，因為老師常常也提早來，默默在操場邊微笑地陪我們，我們想贏給她看。

一年多後，我們要小學畢業了，其實我們教室布置比賽、合唱比賽、運動會這些，仍然沒有前幾名，但老師對我們說：「謝謝你們願意當我的學生，你們是我教過最棒的一班。」那天，我們全班都哭了。

多年後我讀到這首詩，杜甫的〈春夜喜雨〉：

好雨知時節，當春乃發生。
隨風潛入夜，潤物細無聲。
野徑雲俱黑，江船火獨明。
曉看紅溼處，花重錦官城。

不知為何，我便想到這位偉大的老師。

九　歌　文　庫　1344

寫在課本留白處

國家圖書館出版品預行編目（CIP）資料

寫在課本留白處 / 徐國能著 . – 增訂新版 .
-- 臺北市 : 九歌出版社有限公司 , 2020.12
面； 公分 . -- (九歌文庫 ; 1344)
ISBN 978-986-450-319-3(平裝)

作　　者——徐國能
創 辦 人——蔡文甫
發 行 人——蔡澤玉
出　　版——九歌出版社有限公司
台北市 105 八德路 3 段 12 巷 57 弄 40 號
電話 / 02-25776564・傳真 / 02-25789205
郵政劃撥 / 0112295-1

九歌文學網　www.chiuko.com.tw

印　　刷——晨捷印製股份有限公司
法律顧問——龍躍天律師 ・ 蕭雄淋律師 ・ 董安丹律師
初　　版——2015 年 2 月
增訂新版——2020 年 12 月
新版 2 印——2023 年 10 月
定　　價——320 元
書　　號——F1344
I S B N——978-986-450-319-3